DIESES BUCH GEHÖRT:

Die drei !!!

Die drei !!!

Der Fall Dornröschen

Kari Erlhoff

KOSMOS

Umschlagillustration von Ina Biber, Gilching
Umschlaggestaltung von Sabine Reddig

Weitere Bände dieser Reihe siehe S. 160

MIX
Papier aus verantwortungsvollen Quellen
FSC® C083411
FSC
www.fsc.org

Gedruckt auf chlorfrei gebleichtem Papier

ISBN 978-3-440-16951-3
Redaktion: Franziska Latoska
Produktion: Lena Geiger
Druck und Bindung: CPI books GmbH, Leck
Printed in Germany / Imprimé en Allemagne

Die drei !!!

Der Fall Dornröschen

Stress in der Villa

»Der sieht aus wie ein Verbrecher!«, rief Tessa voller Entsetzen.
Herr Grevenbroich sah seine Frau erstaunt an. Auch Marie erkannte ihre Stiefmutter kaum wieder, die sonst nicht so gestresst und angespannt war. »So schlimm ist der nun auch nicht!«, warf sie vorsichtig ein.
Tessa seufzte. »Du hast ja recht«, räumte sie ein. »Aber du musst zugeben, dass es unmöglich ist, Natascha zu ersetzen!«
Natascha war das Au-pair-Mädchen, das sich bei den Grevenbroichs um den kleinen Finn kümmerte. Die Familie hatte die junge Frau aus Russland ins Herz geschlossen. Nun wollte Natascha allerdings ein Studium anfangen und aus der Villa von Maries Familie ausziehen. Deshalb musste so schnell wie möglich ein passender Ersatz gefunden werden. Kein Wunder, dass Tessa unter Druck stand. Immerhin ging es um jemanden, der mehrere Monate bei den Grevenbroichs wohnen und auf den kleinen Finn aufpassen würde. Wie ein Verbrecher sah der Junge auf dem Foto im Internet jedoch wirklich nicht aus.

Marie fand sogar, dass er ein ganz sympathisches Lächeln hatte. Außerdem hatten sie sich schon den halben Vormittag gemeinsam durch das Angebot der Au-pair-Vermittlung geklickt. An jedem Bewerber hatte Tessa etwas auszusetzen gehabt. Herr Grevenbroich kratzte sich am Kopf. »Vielleicht sollten wir doch lieber ein Au-pair-Mädchen nehmen. Da ist die Auswahl größer!«

»Ich bin Trine, die Fernbediene-Biene!«, schallte es hinter ihnen. Finn drängte sich an Marie und Tessa vorbei. In der Hand hielt er seine neuste Errungenschaft: ein abscheuliches Plastikteil, das halb Biene, halb Fernbedienung war und über ein Dutzend Lieder und Texte von sich geben konnte. »Olé, olé!«, grölte Trine. »Summ! Summ!«

»Na, Finn, wie findest du den Burschen da?«, fragte Herr Grevenbroich und deutete auf das Foto eines jungen Engländers. »Soll der bei uns einziehen?«

Finn schlug mit Trine, der Fernbediene-Biene, auf die Tastatur. Dabei blinkten rote und grüne Lämpchen am Kopf der Biene auf.

»Lass das, Finn!«, sagte Tessa ungeduldig, dann drehte sie sich um. »Marie, kannst du den Kleinen einen Augenblick übernehmen? Wir müssen hier endlich vorankommen.«

»Aber gleich –«, setzte Marie an. Doch Tessa warf ihr einen bittenden Blick zu, der sie verstummen ließ.

»Kein Problem«, sagte Marie schnell und schnappte sich ihren kleinen Bruder.»Danke!«, sagte Tessa erleichtert. »Ich übernehme ihn, sobald wir jemanden gefunden haben.«

Das konnte dauern! Aber Marie spielte im Grunde gern mit ihrem süßen Halbbruder. Sie wollte gerade seine Bauklötze holen, als es an der Tür klingelte. Marie öffnete. Draußen standen Kim Jülich und Franziska Winkler – Maries Freundinnen und Kolleginnen. Gemeinsam betrieben die Mädchen einen äußerst erfolgreichen Detektivclub. Jetzt hatten sie allerdings gerade mal keinen Fall. Die Sommerferien hatten gerade erst begonnen und die Mädchen gingen gemeinsam ins Freibad, in ihr Lieblingscafé oder zum Skaten.
Obwohl sich das schöne Sommerwetter leider plötzlich verabschiedet hatte und es kühl geworden war, wollten sie heute zur Abwechslung gemeinsam Eis machen. Die Zutaten dafür lagen bereits in dem riesigen Kühlschrank der Familie Grevenbroich.
»Wir sollten das mit dem Eis besser lassen und uns lieber einen heißen Kakao machen!« Franzi rieb sich über die Arme. Sie trug ein kurzärmeliges Sport-Shirt und hatte eine sichtbare Gänsehaut.
»Warum nicht gleich Zimtsterne und Lebkuchen?«, witzelte Marie. Bevor sie die Tür hinter ihren Freundinnen schloss, warf sie einen betrübten Blick auf den bleigrauen Himmel. Es fühlte sich gerade wirklich so gar nicht nach Sommer an. Eine beinahe herbstliche Stimmung überkam Marie. Doch da riss Kim sie aus ihren Gedanken. »Kannst du mir mal helfen?« Kim trug einen großen Karton. Darin befand sich die Eismaschine der Jülichs. Das Gerät der Grevenbroichs hatte gerade erst den Geist aufgegeben. Seit nunmehr zwei Wochen hatte es kein selbst gemachtes Eis mehr in der Villa gegeben. Höchste

Zeit, etwas dagegen zu unternehmen. Gemeinsam wollten die drei !!! Schokoladeneis machen. Marie nahm ihrer Freundin den Karton ab. »Finn muss leider mit in die Küche. Ich soll auf ihn aufpassen. Papa und Tessa sind gerade ziemlich beschäftigt und Lina ist seit gestern im Ferienlager.«

»Habt ihr denn schon eine Nachfolgerin für Natascha gefunden?«, erkundigte sich Franzi.

Marie schnaubte. »Das wird nie was!« Dann berichtete sie von der Suche nach einem Au-pair-Jungen.

»Ihr wollt einen Jungen einstellen? Spannend!«, fand Franzi. »Das ist echt mal etwas anderes als die üblichen Au-pair-Mädchen!«

Ein Jodeln erklang. »Schalt mich ein und drück die Eins«, kreischte Finns Spielzeug. Dann wechselte es mit einem schrillen Piepen in den Gesangs-Modus. »Dornröschen war ein schönes Kind, schönes Kind, schönes Kind! Dornröschen nimm dich ja in Acht, ja in Acht, ja in Acht …«

Franzi zog die Augenbrauen hoch. »Was ist das denn?«

»Frag nicht.« Marie stöhnte. »Das Ding nervt mich schon den ganzen Tag.«

»Kann Natascha nicht mit ihm auf den Spielplatz gehen?«, wollte Kim wissen. »Im Haus langweilt er sich doch.«

»Sie hat diese Woche frei, damit sie sich ein WG-Zimmer suchen kann«, erklärte Marie mit Bedauern. »Außerdem gibt es an der Uni wohl irgendeine Sommer-Veranstaltung, die sie gerne besuchen will. Meine Eltern haben extra eine Babysitterin engagiert. Wann die bei uns anfängt, weiß ich aber nicht. Ich fürchte, ich muss mich heute noch den ganzen Nachmittag um Finn kümmern.«

»Kein Problem«, meinte Franzi. »Dann hilft er uns eben in der Küche. Eis mag er doch bestimmt gern.«

»Klar«, gab Marie zurück. »Er soll nur nicht zu viel davon naschen.«

»Und wie geht es dir sonst?«, fragte Kim vorsichtig.

Marie sah ihre Freundin nicht an. »Gut«, sagte sie zögerlich. Sie stellte den Karton auf dem Küchentisch ab. Dann öffnete sie den Kühlschrank und sah angestrengt hinein. Kim spielte darauf an, dass Marie und ihr Freund Holger sich für einige Zeit nicht sehen wollten. Genauer gesagt wollte Holger etwas Abstand von Marie. Er hatte sich beim Training für einen Parkouring-Wettkampf in ein anderes Mädchen verliebt. Jetzt brauchte er Zeit, um sich über seine Gefühle klar zu werden. Die Beziehung war also auf Eis gelegt. Marie wusste nun ebenfalls nicht, was sie fühlen sollte. Trauer? Gleichgültigkeit? Oder doch Hoffnung? Irgendwo tief in Marie gab es diese leise Stimme, die ihr zuflüsterte: »Holger und du, ihr seid einfach ein Traumpaar! Er kommt zu dir zurück, Marie!« Daran wollte Marie nur zu gern glauben. Und sie wollte nicht, dass ihre Freundinnen ihr diese Hoffnung ausredeten. Abgesehen davon war es bestimmt das Beste, sich abzulenken, bis Holger sich wieder meldete. Die beste Ablenkung wäre natürlich ein neuer Fall für *Die drei !!!*. Aber zur Not tat es auch eine kleine Eis-Aktion. Kim und Franzi fragten nicht weiter nach. Anscheinend verstanden sie, dass Marie jetzt nicht an Holger denken wollte. Franzi vermied es sogar, über ihren eigenen Freund, Blake, zu sprechen. Dabei war sie bis über beide Ohren verliebt und konnte kaum an etwas anderes denken. Sie schwebte geradezu auf Wolke sieben. Das wollte sie ihrer Freundin aber nicht auf die Nase binden. Franzi wusste nur zu gut, wie sich Liebeskummer anfühlte. Es war besser, das Thema »Jungs« vorerst zu umgehen. Dafür plauderten sie über unverfängliche Dinge. Zum Beispiel über die ungewöhnlich kühlen Temperaturen, über die Krimi-Komödie, die gerade im Kino lief, und über ein Abschiedsgeschenk für Natascha. Bislang war den Grevenbroichs einfach nichts Passendes für das Au-pair-Mädchen eingefallen. Während sie redeten, schlugen sie Eier auf, erwärmten Milch und hackten Schokolade in kleine Stücke. Zwischendurch mussten sie immer wieder aufpassen, dass Finn nicht von den Zutaten naschte oder die singende Trine in die Schüssel warf. Er hatte schon ganz verschmierte Hände.

»Ihr könntet ein Fotobuch machen«, schlug Kim vor. Sie quirlte den Zucker und die Eier im Wasserbad zu einer schaumigen Masse. »Mit Bildern aus ihrer Au-pair-Zeit bei euch. Dann hat sie eine schöne Erinnerung an deine Familie.«

»Ist das nicht ziemlich aufwendig?«, fragte Franzi.

»Am Computer geht das eigentlich ganz einfach«, meinte Kim. »Wenn du willst, kann ich dir dabei helfen.«

Marie fand die Idee von Kim sehr gut. So ein Fotobuch würde Natascha sicherlich gefallen. Doch dann dachte sie an all die Fotos, die oben in ihrem Zimmer im Computer gespeichert waren. Es waren Bilder von Natascha, ihrer Familie, von sämtlichen Urlauben und von ihren Freundinnen – aber auch Bilder von Holger! Die Bilder zu sichten würde nicht einfach werden.

»Ich weiß nicht«, sagte sie zögerlich. »Ich überlege mir das noch mal.«

Kim hatte gerade die Eismasse in die Maschine gefüllt und das Gerät eingeschaltet, als es erneut an der Tür klingelte. Es dauerte nicht lange, bis Tessa in die Küche kam – gefolgt von einem hochgewachsenen blonden Mädchen. Sie war beinahe so perfekt zurechtgemacht wie Marie. Allerdings bewegte sie sich etwas unnatürlich. Beinahe so, als wäre sie eine Ballerina beim Tanz-Training.

»Besuch für dich!«, sagte Tessa zu ihrer Stieftochter.

»Oje!«, entfuhr es Marie. »Das hatte ich total vergessen!«

Kim und Franzi sahen Marie fragend an. Das Mädchen hatten sie noch nie gesehen.

»Macht nichts«, sagte diese mit einer sehr hellen, hohen Stimme. »Ich dachte, ich komme einfach mal vorbei und schaue mir an, wie du so wohnst!«

»Äh, ja«, machte sich Tessa bemerkbar. »Ich gehe dann mal wieder. Wir müssen noch mal die Au-pairs ansehen, die in die engere Auswahl gekommen sind.«

»Viel Erfolg!«, rief Marie ihr noch hinterher. Dann drehte sie sich wieder zu ihren Freundinnen, die den Besuch erwartungsvoll musterten. »Das ist Janette«, erklärte Marie schnell. Dann deutete sie auf ihre Freundinnen: »Franzi und Kim.«

»Hi!«, sagte Janette freundlich. Mit federleichten Schritten war sie beim Tisch. Sie spähte durch das Fenster ins Innere der Eismaschine. Dann sprang sie zurück, als hätte sie soeben einen Stromschlag bekommen. »Wua! Das wird ja eine Kalorienbombe!«

»Und wenn schon.« Kim warf dem Mädchen einen finsteren Blick zu. »Wir freuen uns auf das Eis!«

»Sorry!« Janette hob beschwichtigend ihre schmalen Hände. »Ich will Tänzerin werden. Genauer gesagt, Musical-Darstellerin. Da muss ich enorm auf meine Linie achten.« Sie deutete auf ihr figurbetontes hellgraues Top, auf dem mit Strass-Steinchen die Worte *Dancing Queen* aufgeklebt waren. »Erfolg fordert Disziplin.«

Damit machte sie sich bei Kim nicht unbedingt beliebter. Aber auch Franzi schien nicht besonders begeistert von Janette zu sein. Dabei war sie, im Gegensatz zu Kim, eine begeisterte Sportlerin.

»Janette und ich sind bei derselben Gesangslehrerin«, erklärte Marie nach einer kurzen und etwas unbequemen Gesprächspause.

»Und wir hatten früher mal zusammen Ballett. Da waren wir aber noch in der Grundschule«, fügte Janette hinzu. »Danach haben wir uns für ein paar Jahre aus den Augen verloren.«

»Alarm! Alarm! Eins, zwei, drei!«, plärrte die Fernbedienung. Finn drückte den Knopf immer wieder. Dabei machte er ein hoch konzentriertes Gesicht. Janette verdrehte die Augen. »Kinder!«

Nun war es an Marie, beleidigt zu gucken. Das Spielzeug war

schwer zu ertragen, aber gegen ihren süßen kleinen Bruder durfte niemand etwas sagen. Marie strich ihm liebevoll über den Kopf. Mittlerweile war sie fast so gestresst wie Tessa. Es war offensichtlich, dass Janette nicht viel für Finn übrighatte und Kim und Franzi wiederum mit Janette nichts anfangen konnten. Janette konnte anstrengend sein, allerdings hatte sie ziemlich locker darauf reagiert, dass Marie die Verabredung verschwitzt hatte. Das rechnete Marie ihr hoch an. Sie wusste, dass Janette auch in den Ferien ein straffes Programm aus Gesangsstunden, Ballettunterricht, Jazzdance und Schauspielkursen hatte. Sie schenkte Janette ein entschuldigendes Lächeln. »Tut mir echt leid, dass ich nicht ins Café gekommen bin!«

»Schon okay«, meinte Janette lässig. »Ich hätte da eh nur ein Mineralwasser getrunken. Außerdem ist es gut, dass deine Freundinnen hier sind. Ich wollte etwas Wichtiges mit euch besprechen!«

»Mit uns?«, fragte Franzi überrascht.

»Ich dachte, es geht um das Fotoshooting, das deine Mutter machen will«, hakte Marie nach.

»Darum geht es auch«, erwiderte Janette.

Kim wischte mit der Hand die restlichen Schokokrümel von der Arbeitsplatte. »Was für ein Fotoshooting?«

»Janettes Mutter ist Fotografin«, erklärte Marie ihrer Freundin. »Sie betreibt nebenbei einen ziemlich erfolgreichen Lifestyle-Blog zum Thema Wohnen und Einrichten.«

»Cool«, meinte Franzi. Es klang allerdings nicht wirklich interessiert.

»Frau Fries hat ein altes Bauernhaus gekauft und wunderschön renoviert«, fuhr Marie fort. »Darüber postet sie regelmäßig neue Beiträge und Fotos und veröffentlicht Einrichtungstipps. Ich habe gestern fast den ganzen Blog gelesen. Das Haus und der Garten sind bezaubernd!«

»Danke!« Janette grinste. »Es ist echt ein kleines Rosenparadies. Darum heißt Mamas Blog ja auch *Homes 'n' Roses*. Aber eure Villa kann sich auch sehen lassen! Voll stylish! Mama wäre total begeistert von euren Fliesen!«

Franzi schenkte sich etwas Saft ein. »Und jetzt will deine Mutter Marie fotografieren?«

Janette nickte. »Marie und mich. Sie macht ein großes Special im Rosengarten. Dafür braucht sie Mädchen, die in altmodischen Kleidern in den alten Obstbäumen sitzen, Rosen pflücken oder Seifenblasen in den Abendhimmel pusten. Bewusst überzogen romantisch, mit Gegenlicht und Weichzeichner. Und das alles nicht nur für den Blog, sondern auch für ein ziemlich bekanntes Gartenmagazin.«

»Da hilft euch Marie bestimmt gern aus.« Franzi stellte ihr Glas ab und hob abwehrend die Hände. »Aber mich brauchst du gar nicht erst zu fragen. Ich habe es nicht so mit langen Kleidern und Schleifen im Haar und so einem Zeug. Und ich mache auf Inlinern eine bessere Figur als beim Rosenpflücken.«

»Keine Sorge, wir haben genug Models für das Shooting.« Janette blieb erstaunlich geduldig. Marie ließ nervös ihren Blick schweifen. Kim war gerade mit der Eismaschine beschäftigt, die merkwürdige, schnarrende Geräusche machte. Franzi versuchte, Finn die Fernbedienung abzunehmen. Der Kleine fing daraufhin jedoch an zu schreien, während die Fernbedienung piepte, schrillte und schließlich einen hektischen Tango spielte. Finn drückte erbarmungslos auf den Knopf für die Lautstärke. Der Tango schwoll bedrohlich an. Marie fasste sich an den Kopf. Ihre Schläfen pochten leicht. Heute war kein guter Tag! Erst die anstrengende Suche nach dem Au-pair-Mädchen, dann das Gefühlschaos wegen Holger und schließlich die vergessene Verabredung mit Janette. Irgendwie lief alles aus dem Ruder.

Janette sagte etwas, das im Lärm unterging.

»Was?«, rief Franzi.

Janette holte tief Luft, dann wiederholte sie ihren Satz in voller Lautstärke: »Ich habe einen Fall für euch!«

Ein Auftrag von der Dancing Queen

»Echt?« Kim blickte erstaunt auf. Franzi ließ das Spielzeug los. Finn drückte es sich fest an die Brust und sauste lachend davon.

Jetzt schnarrte nur noch die Eismaschine vor sich hin.

»Ich habe einen Fall für euch!«, wiederholte Janette. Zum ersten Mal wirkte sie etwas unsicher. »Ihr seid doch Detektivinnen, oder?«

»Woher weißt du das?«, erkundigte sich Kim statt einer Antwort. Sie erzählte nur ungern von ihrem Detektivclub. Schließlich war es von Vorteil, wenn die Mädchen ungestört ermitteln konnten. Das ging nur, wenn nicht jeder wusste, was sie machten.

»Ihr habt mal einer Freundin von mir geholfen«, fuhr Janette unterdessen fort. »Sie meinte, ihr wärt ziemlich gute Detektivinnen!«

»Das sind wir auch«, sagte Franzi selbstbewusst. »Warte mal!« Sie griff in ihre Hosentasche und förderte eine Visitenkarte zutage. »Hier!« Sie reichte Janette die Karte.

»Wow!«, entfuhr es Janette. »Das ist richtig professionell!«
»Wie können wir dir denn helfen?«, fragte Kim nun ein wenig freundlicher. Das Lob hatte sie etwas mit Janette versöhnt.
»Jemand schleicht nachts durch unseren Rosengarten!«, platzte Janette heraus. »In schwarzen Sachen. Voll unheimlich!« Kim war sofort in ihrem Element. Sie holte einen Block und einen Stift aus ihrer Umhängetasche. »Ich mache mir Notizen«, erklärte sie. »Wann genau hast du die Person gesehen und unter welchen Umständen?«
»Also, es begann am Mittwoch«, überlegte Janette. »Ich war recht spät im Garten, weil meine Schwester und ich Mamas Handy gesucht haben. Sie dachte, sie hätte es vielleicht auf dem Gartentisch liegen lassen.«
»Lag es denn da?«, fragte Kim nach.
»Nein, es war oben im Badezimmer.«
»Guter Trick: einfach das Handy anrufen«, meinte Kim.
»Wenn es nicht gerade ausgeschaltet oder auf stumm gestellt ist, findet man es im Handumdrehen.«

»Das haben wir ja auch gemacht«, meinte Janette. »Aber darum geht es nicht. Das Handy ist vollkommen egal. Wichtig ist, dass ich im Dunkeln in den Garten gegangen bin. Plötzlich habe ich hinten im Rosengarten eine Bewegung gesehen. Etwas hat im Gebüsch geraschelt.«

»Vielleicht ein Igel?«, warf Franzi ein. »Die können ziemlich laut sein.«

Janette schüttelte den Kopf. »Nein, es war ein Mensch. Da bin ich mir ziemlich sicher. Jemand, der ganz in Schwarz gekleidet war.«

»Bist du der Person gefolgt?«, wollte Kim wissen.

»Mitten in der Nacht?« Janette sah nun beinahe so entgeistert aus wie Tessa bei der Suche nach einem Au-pair-Jungen.

»Stell dir mal vor, bei dir läuft nachts plötzlich eine Gestalt durch den Garten! Da bekommt man einen gigantischen Schreck! Ich wollte jedenfalls nur noch ins Haus.«

»Vielleicht war es ein Einbrecher«, mutmaßte Marie.

»Meine Schwester und mein Vater haben den Rosengarten mit einer Taschenlampe abgesucht. Aber wir haben nichts gefunden. Im Garten waren Spuren, aber die hätten auch von uns stammen können, weil Mama meine Schwester und mich an dem Tag zur Arbeit im Rosengarten verdonnert hatte. Am nächsten Tag hat Papa mit den Nachbarn gesprochen, aber niemand hat etwas bemerkt.«

»Habt ihr die Polizei verständigt?«, wollte Franzi als Nächstes wissen.

»Nein«, gab Janette zu. »Es wurde ja anscheinend nirgendwo

eingebrochen. Und schließlich hat Papa gemeint, ich hätte mir das nur eingebildet.«

Kim sah nicht überzeugt aus. »Vielleicht war es ja tatsächlich so. Im Dunkeln kann man sich leicht täuschen. Ein aufgeschreckter Vogel oder eine huschende Katze kann einen da ganz schön in die Irre führen.«

»Das habe ich dann auch geglaubt«, sagte Janette. »Aber dann haben meine Schwester und ich am Freitagmorgen Fußspuren im Gras gefunden. Es war feucht vom Tau. Daher konnte man die Spuren viel besser erkennen als am Tag davor.«

»Dann war in der Nacht also doch wieder jemand im Garten«, schlussfolgerte Kim. »Wahrscheinlich am frühen Morgen, nachdem sich der Tau gebildet hat.«

Franzi nickte. »Bestimmt hat der Eindringling dich am Mittwoch im Garten gesehen und wollte kein Risiko eingehen. Darum ist er erst nach Mitternacht gekommen.«

»Oder sie«, warf Kim ein. »Es könnte sich auch um eine Frau handeln.«

»Wer auch immer es war: Er oder sie scheint ein Wiederholungstäter zu sein. Heute Morgen waren nämlich schon wieder Spuren da«, berichtete Janette. »Jemand ist einmal quer durch den ganzen Rosengarten gelaufen.«

»Drück die Zwei und sing mit mir!«, erklang Trine, die Fernbediene-Biene. Finn sauste durch die Küche, sein Spielzeug hocherhoben. Dann rief er: »Eis!«

Kim warf einen Blick auf die Eismaschine, die nun wieder friedlich vor sich hin brummte. »Ich fürchte, das dauert noch.«

»Du kannst ein paar Apfelscheibchen haben.« Marie nahm einen Teller aus dem Küchenschrank. Dann schnitt sie für ihren Bruder einen Apfel in kleine Stücke.

Franzi ließ sich nicht von dem Chaos ablenken. »Meinst du, dieser Nachtschleicher kehrt heute Nacht zurück?«

»Ein ziemlich passendes Wort für diese unheimliche Person«, fand Janette. »Ich könnte mir tatsächlich vorstellen, dass er auch heute Nacht wieder auftaucht. Aber ich weiß nicht, wie man in so einem Fall am besten vorgeht. Meine Schwester möchte sich auf die Lauer legen. Aber allein ist das bestimmt zu gefährlich.«

»Man könnte tatsächlich versuchen, den Nachtschleicher zu stellen«, sagte Kim. »Oder man versucht, Hinweise auf die Person zu finden.«

»Wollt ihr nicht bei uns übernachten?«, bot Janette an. »Von meinem Zimmer aus hat man einen guten Blick auf den Garten. Marie kann dann auch gleich mit meiner Mutter über das Fotoshooting sprechen.«

»An sich ist das eine gute Idee«, setzte Kim an. »Aber –« Wieder klingelte es an der Tür. Marie sah ihre Freundinnen entschuldigend an. »Heute ist ein chaotischer Tag. Tut mir leid.«

Franzi runzelte die Stirn. »Hast du etwa noch eine Verabredung vergessen?«

»Ist das Holger?«, erkundigte sich Janette. Sie wusste noch nichts von der Trennung auf Zeit. Marie hatte bislang nur mit sehr wenigen Menschen darüber gesprochen. So fühlte es sich für sie weniger real an.

»Nein, ich glaube nicht«, murmelte Marie. Sie hörte, wie die Tür geöffnet wurde. Tessa redete mit jemandem. Anscheinend wurde gerade ein Paket gebracht. Sie war enttäuscht. Aber was hatte sie erwartet? Dass Holger mit einem großen Rosenstrauß vor der Tür stand und sich bei ihr entschuldigen wollte?
»Übernehmt ihr den Fall?«, riss Janette Marie aus ihren Gedanken.
»Also ich habe nichts dagegen, im Fall *Rosengarten* zu ermitteln«, verkündete Franzi.
»Ich auch nicht«, meinte Kim. »Aber heute Abend geht es bei mir nicht.«
»Bei mir auch nicht.« Franzi verschwieg, dass sie mit Blake ins Kino wollte. Darauf freute sie sich schon den ganzen Vormittag. Schon allein beim Gedanken an Blake kribbelte es in ihrem Magen. Das lag dann wohl an einem ganzen Schwarm von flatternden Schmetterlingen.
»Aber ich habe Zeit!« Marie hatte einen Entschluss gefasst. Sie wollte endlich mit der Grübelei aufhören. Wenn Holger eine Pause für ihre Beziehung brauchte, würde sie sich eben auch eine Pause gönnen. Marie musste sich einfach nur voller Energie auf den neuen Fall konzentrieren. Außerdem würde der Tapetenwechsel ihr bestimmt guttun. »Ich kann gegen sieben bei dir sein.«
»Prima!«, freute sich Janette. »Dann düse ich jetzt schnell zum Balletttraining. Meine Adresse hast du ja.«
»Rosenweg 6?«
»Richtig!« Janette hüpfte zur Tür. »Bis später dann!«

Die drei !!! verabschiedeten sich von ihrer neuen Auftraggeberin.
»Das war unerwartet.« Franzi grinste zufrieden. »Wer hätte gedacht, dass ausgerechnet zwischen Kühlschrank und Eismaschine ein Auftrag für die drei !!! kommt.«
»Noch dazu von der Dancing Queen!«, sagte Kim und drehte eine ungeschickte Pirouette.
»Sie ist eigentlich okay«, warf Marie ein.
»Kann sein.« Kim richtete ihre Aufmerksamkeit nun wieder voll und ganz auf das Eis.
»Ist das richtig so?«, fragte Franzi skeptisch, als Kim den Behälter öffnete.
Kim rührte mit einem Löffel in der Eismasse. »Also ich habe mir das anders vorgestellt.«
»Vielleicht haben wir etwas falsch gemacht?« Franzi wühlte in dem Karton. »Hier ist eine Gebrauchsanleitung.«
»Eis!«, forderte Finn lautstark. »Haben!«
Kim blätterte hektisch durch das Heftchen. Schließlich gab sie einen enttäuschten Laut von sich. »Och!«
»Was ist?«
»Wir hätten den Behälter vorher in der Tiefkühltruhe lagern müssen. So ein Mist! Er war nicht kalt genug.«
Die Mädchen machten lange Gesichter. »Und jetzt?«
»Wir tun die Masse einfach ins Eisfach!«, entschied Marie.
»Dann wird das Eis zwar nicht so schön cremig und wir können es erst morgen essen, aber wenigstens müssen wir das Zeug dann nicht wegwerfen.«

»Stimmt«, pflichtete ihr Kim mit einem traurigen Blick in den Behälter bei, »das wäre wirklich schade.«
»Eis nicht?«, fragte Finn nun ebenfalls traurig. Das kleine Gesicht sah sehr besorgt aus.
Marie lächelte ihren kleinen Bruder an. »Wir haben eine Familienpackung Schokoeis in der Tiefkühltruhe. Die hole ich jetzt.«

So saßen die drei !!! etwas später mit Finn auf der Terrasse und löffelten ihr Eis. So richtig entspannt war das nicht, da die Sonne immer nur kurz zwischen den Wolken hervorschaute und es ohne Jacke beinahe zu kalt war. Marie hatte außerdem alle Hände voll zu tun, auf ihren kleinen Bruder aufzupassen. Aber sosehr sich Marie auch bemühte, das halbe Eis landete auf Gesicht, Händen und Pullover des Kleinen. Auch Trine, die Fernbediene-Biene, bekam einiges ab. Schlimmer traf es allerdings Maries weiße Caprihose und ihr mintfarbenes Kapuzenshirt mit den weißen Sternchen.
Sie erinnerte sich prompt daran, dass Holger ihr erst vor ein paar Wochen ein Kompliment zu dem Oberteil gemacht hatte. Vielleicht war es an der Zeit, den Hoodie auszusortieren. Gemeinsam mit anderen Dingen, die sie an Holger erinnerten. Marie ärgerte sich, dass sie schon wieder an Holger dachte. Zum Glück kam genau in diesem Augenblick eine neue Ablenkung durch die Gartentür auf die Terrasse.
»Besuch!«, verkündete Tessa bereits zum zweiten Mal an diesem Tag und deutete auf eine zierliche junge Frau mit großen

grünen Augen und wilden roten Locken. Sie sah aus, als wäre sie eine sympathische kleine Hexe, die direkt aus einem Märchenbuch gesprungen war. »Das ist Violetta Mey!«

»Du bist die Babysitterin!«, stellte Marie erfreut fest. Violetta nickte. Dann wandte sie sich grinsend an Finn.

»Hi, Großer! Dir scheint es zu schmecken! Man kann dich ja unter dem ganzen Schokoeis kaum erkennen.«

»Ganzkörpereinsatz!« Tessa seufzte. »Ich werde ihn wohl sauber machen müssen.«

»Ich helfe Ihnen«, bot Violetta sofort an. »Dafür bin ich ja jetzt da.«

Finn hielt die klebrige Fernbedienung hoch. Sie dudelte gerade wieder den Tango.

»Cooles Teil! Zeig mal!« Violetta schien keine Berührungsängste vor Schokomatsch und hyperaktiven Spielzeugen zu haben. Begeistert ließ sie sich Trine und alle ihre nervigen Funktionen zeigen. Damit hatte sie gleich bei Finn und Tessa Pluspunkte gesammelt.

»Violetta ist echt nett!«, meinte auch Kim, als sie sich eine Stunde später von Marie verabschiedete.

»Stimmt«, gab Marie zu. »Natascha kann sie nicht ersetzen, aber immerhin kann ich mich jetzt ganz und gar um den Fall kümmern.«

»Mach das!« Franzi schulterte ihren Sport-Rucksack. »Ab morgen sind wir dann auch mit von der Partie! Versprochen!«

»Vergiss nicht, uns auf dem Laufenden zu halten«, bat Kim. »Wenn du etwas Verdächtiges beobachtest oder Hinweise findest, benutze einfach die Diktierfunktion deines Handys. Du weißt ja, wie schnell man die ganzen Details wieder vergisst. Alles kann von Bedeutung sein!«

»Ich bin doch keine Anfängerin!« Marie winkte ab. »Vielleicht löse ich den Fall gleich heute Nacht – ganz ohne euch.«

»Untersteh dich!« Franzi grinste. »So, ich muss jetzt wirklich los!«

»Ich auch«, sagte Kim. Sie drehte sich aber noch mal zu Marie um. »Wenn du irgendwie reden willst, dann melde dich, okay?«

»Es ist alles gut!«, meinte Marie nur. »Wirklich. Ich wünsche euch einen schönen Abend!«

Jede Menge Rosen

Der Rosenweg lag in einem ruhigen Wohngebiet, am Rande von Feldern und Weiden. Neben Siedlungshäusern aus den Fünfzigerjahren und einigen Neubauten gab es auch ein paar reetgedeckte Gebäude, die früher zu Bauernhöfen gehört hatten. Die Rosen, die der Straße ihren Namen gaben, blühten in jedem Garten. Man konnte ihren Duft bis auf den Gehweg riechen. Marie blieb vor dem Tor von Nummer sechs stehen. Hier wohnte die Familie Fries. Inmitten eines großen Gartens lag ein altes Bauernhaus mit frisch gedecktem Reetdach. Man konnte deutlich sehen, dass es liebevoll und mit viel Mühe renoviert worden war. Von den grünen Fensterläden bis hin zu den neu gepflanzten Stockrosen neben dem Eingang wirkte alles sehr stilvoll. Die Rasenfläche des Vorgartens wurde immer wieder durch große runde Beete mit bunten Sommerblumen unterbrochen. Dazwischen gab es knorrige alte Obstbäume, blühende Hecken und Skulpturen aus Holz. Im Nachbargarten schnitt gerade ein Junge die Hecke. Als er Marie entdeckte, lächelte er ihr zu. Marie erwiderte das Lächeln. Er sah ziemlich gut aus, allerdings war Marie gerade nicht nach einem Flirt zumute. Sie schulterte ihre schwere Reisetasche und zog an dem altmodischen Klingelzug neben der Haustür. Kurz darauf öffnete ihr ein Mädchen mit hellbraunen Haaren.

»Ja bitte?«, fragte sie.

»Ich bin Marie. Ist Janette da?«

»Jep«, machte das Mädchen. Dann drehte sie sich um und rief. »Neddie! Für dich!« Als nichts passierte, wurde sie lauter. »Neddie! Tanz mal an! Besuch!«

Marie hörte, wie sich leichte Schritte der Tür näherten. Schon kam Janette angehüpft. »Hi! Klasse, dass du da bist!«

»Das ist jetzt aber nicht die Detektivin, die du beauftragen wolltest, oder?«, fragte das Mädchen mit den hellbraunen Haaren skeptisch.

»Und ob!«, sagte Janette.

Das Mädchen sah enttäuscht aus. »Ich hatte doch gesagt, dass ich den Fall selbst übernehmen möchte!«

Janette ignorierte diese Aussage. »Möchtest du etwas trinken, Marie?«

»Hallo?«, fragte das andere Mädchen nun eine Spur energischer. »Ich habe gesagt, dass *ich* den Fall übernehmen will.«

Janette zog ihre schmalen Augenbrauen hoch und wandte sich an Marie. »Darf ich vorstellen? Das ist meine Zwillingsschwester Melissa.«

»Zwillingsschwester?« Nun war Marie ehrlich erstaunt. Die zwei Mädchen konnten nicht unterschiedlicher aussehen. Melissa war deutlich kleiner als ihre Schwester, hatte dafür breite

Schultern und ein kantiges Gesicht. Während Janette figurbetont und modisch gekleidet war, trug ihre Schwester eine weite Jeans und ein ausgewaschenes Baseball-Shirt. So wirkten sie noch nicht einmal wie nähere Verwandte.
»Nur eineiige Zwillinge sehen gleich aus«, erklärte Melissa. »Wir sind jedoch zweieiig. Janette hat die grazile Figur und das künstlerische Talent von meiner Mutter geerbt und ich komme ganz nach meinem Vater. Quadratisch, praktisch und total unmusikalisch.«
Marie wusste nicht, was sie dazu sagen sollte. Daher trat sie schweigend in den Hausflur und sah sich verstohlen um. Auch im Inneren des Hauses war alles mit viel Liebe zum Detail renoviert worden. Das Motiv der Rosen zog sich kreuz und quer durch die Einrichtung – von den Lampenschirmen bis hin zu den Gummistiefeln vor der Garderobe. Marie fand es beinahe etwas übertrieben. Immerhin gab es draußen schon genug von diesen Blumen. Es war nicht zu übersehen, dass Frau Fries ein echter Rosen-Fan war.
In diesem Moment kam eine blonde Frau in den Flur. Sie sah aus wie eine ältere Ausgabe von Janette und trug passenderweise einen Strauß Rosen im Arm.
»Papa hat für dich angerufen«, sagte Melissa zu ihr. »Er schafft es heute nicht mehr zum Supermarkt.«
»Auch das noch.« Frau Fries seufzte. »Frau Roland hat mich jetzt fast eine halbe Stunde lang in Beschlag genommen! Dabei wollte ich eigentlich nur schnell ein paar Blumen für eine kleine Fotosession in der Küche abschneiden.«

»Haben die Kameras von Rolands denn nachts jemanden aufzeichnen können?«, wollte Melissa wissen.
»Das nicht«, berichtete ihre Mutter, »aber Frau Roland ist wegen der Ereignisse total aus dem Häuschen. Sie glaubt, dass es sich um einen Einbrecher handelt, der ihr Haus ausspionieren will.«
»Wie soll das denn gehen?« Janette sah skeptisch aus. »Rolands rüsten doch wöchentlich ihre Sicherheitsvorkehrungen auf!« Sie wandte sich an Marie. »Die haben Kameras und Bewegungsmelder, die als Gartenzwerge, Rehe und Häschen getarnt sind. Rund ums Haus sind überall weitere Kameras und Scheinwerfer angebracht und es gibt wohl eine besonders aufwendige Alarmanlage. Da kommt so schnell kein Einbrecher rein.«
»Du hast Ludwig vergessen!« Melissa lachte.
»Stimmt«, fügte Janette hinzu. »Ludwig ist der Dobermann der Familie. Sollte es ein Einbrecher bis zum Wintergarten schaffen, würde er es ziemlich schnell bereuen. Da steht nämlich Ludwigs Körbchen.«
»Vielleicht musste der Einbrecher aber gerade deshalb immer wieder durch euren Garten laufen«, gab Marie zu bedenken. »Es kann doch sein, dass er nach einem Weg gesucht hat, die Alarmanlage eurer Nachbarn zu umgehen.«
»Ach was«, meinte Frau Fries schmunzelnd. »Ich glaube nicht, dass es ein Einbrecher ist. Bestimmt habt ihr euch getäuscht und es war nur eine Katze.« Dann legte sie den Rosenstrauß auf einem Tischchen ab und streckte Marie ihre rechte

Hand hin. »Du bist Marie, nicht wahr? Ich bin Annette Fries, die Mutter von Janette und Melissa.«

»Ja, Marie Grevenbroich«, stellte sich Marie vor. »Ich freue mich schon auf Ihr Fotoshooting!«

»Herzlich willkommen im Rosenweg!« Frau Fries lächelte warm. »Mit dir und Janette als Models wird das Shooting bestimmt ganz große Klasse!«

»Davon bin ich überzeugt!«, sagte Janette selbstsicher. Melissa verdrehte die Augen, sagte aber nichts.

»Na, ich hoffe mal, dass das Wetter bis dahin besser wird!«, meinte Frau Fries ein paar Minuten später. Inzwischen saßen sie alle bei einem Apfel-Rosen-Tee im gemütlichen Wohnzimmer der Familie. »So ein märchenhafter Sommernachtstraum sollte nicht so grau und wolkenverhangen daherkommen. Ich will das ganz groß aufziehen!« Sie stand auf, nahm ein paar Skizzen aus dem Regal und zeigte sie den Mädchen.

»Der hintere Teil unseres Gartens ist herrlich verwunschen. Ich habe schon Lampions, Windlichter und weiße Tücher bestellt, um die perfekte Szenerie zu schaffen. Abendlicht, eine gedeckte Tafel mit Rosen, Obst und einer opulenten Sahnetorte runden das Ganze dann ab.« Sie hielt eine Bleistiftzeichnung hoch.

»Der Kuchen soll ja auch ein Rosenmotiv haben«, stellte Marie fest.

»Unbedingt!«, meinte Frau Fries. »Die Rosen sind der Schwerpunkt meines Blogs.«

Marie nickte. »Backen Sie die Torte selbst?«

»Um Himmels willen!« Frau Fries lachte. »Ich kann nicht backen. In der Küche richte ich nur Unheil an.«
»Das kann ich bestätigen!« Melissa grinste breit.
»Werd nicht frech!« Frau Fries warf ihrer Tochter einen gespielt bösen Blick zu. Dann fuhr sie fort: »Es ist durchaus üblich, für Fotoshootings unechte Lebensmittel zu verwenden. So wird es auch in der Werbung gemacht. Die sogenannten Food-Designer nutzen Hilfsmittel wie Haarspray, Wachs und Acrylfarbe. Da darf mit allen Tricks gearbeitet werden. Aber ich überlege, eine echte Torte zu verwenden. Irgendwie finde ich das schöner. Es gibt ein besseres Feeling. Und wir haben hinterher ein leckeres Büffet, mit dem wir die fertigen Aufnahmen feiern können.«
»Also ich esse bestimmt keine Sahnetorte«, verkündete Janette prompt.
»War ja klar«, brummte ihre Schwester.
»Die Mutter meiner Freundin Franzi betreibt einen Back-Service«, berichtete Marie. »Frau Winkler ist eine geniale Bäckerin! Und die Sachen sehen auch superhübsch aus! Ich kann sie wirklich empfehlen!«
»Du klingst fast wie eine Werbebroschüre.« Frau Fries schmunzelte erneut. »Aber du kannst mir gerne den Kontakt vermitteln.«
»Das mache ich!«
Frau Fries erklärte Marie noch den genauen Ablauf des Shootings und zeigte ihr das Kleid, das sie tragen würde. Dann musste sie alles für ihre aktuelle Fotoaktion in der Küche vor-

bereiten. Marie, Janette und Melissa gingen ein Stockwerk nach oben. Dort hatten die Mädchen ihre Zimmer.
»Ich habe echt nichts dagegen, wenn du als Fotomodell bei uns durch den Rosengarten hüpfst«, sagte Melissa zu Marie, als sie oben angekommen waren. »Aber bei dem Fall brauche ich keine Hilfe.«
»Melli, du hast doch gar keine Erfahrung als Detektivin«, warf Janette ein.
»Ich schreibe Krimis. Das reicht ja wohl«, gab Melissa beleidigt zurück.
Janette lachte auf. Dann sah sie ihre Schwester ernst an. »Es ist viel zu gefährlich, sich ganz allein auf die Lauer zu legen. Besonders, wenn man noch keine Erfahrung als Detektivin hat.«
»Ich werde Raphael fragen.« Nun lief Melissa rot an. Sie sah zu Boden und betrachtete die Holzdielen, als ob dort etwas Spannendes zu sehen wäre. »Das wollte ich sowieso tun.«
»Daher weht der Wind.« Janette kicherte. »Raphael!«
»Er will bestimmt auch wissen, wer nachts durch unsere Gärten schleicht«, verteidigte sich Melissa. »Immerhin wohnt er direkt nebenan. Diese dunkle Gestalt ist garantiert auch durch den Garten seiner Eltern gelaufen.«
»Versuche dein Glück«, sagte Janette. »Aber sei nicht enttäuscht, wenn er lieber mit seinen Freunden ausgeht. Ein Typ wie er sitzt in den Ferien bestimmt nicht zu Hause herum.«
»Du kennst ihn doch gar nicht richtig!« Melissa lief erneut rot an. »Er ist ein totaler Krimi-Fan! Ich weiß, dass er seit Jahren die *Vorstadtwache* guckt.«

»Echt?«, fragte Marie interessiert. »Da spielt mein Vater den Kommissar Brockmeier!«
Zum ersten Mal erntete sie einen interessierten Blick von Melissa. »Ich bin ein totaler Fan der Serie! Die Fälle sind großartig!«
Bevor Marie etwas dazu sagen konnte, drehte sich Janette anmutig zu ihrer Schwester. »Du und Raphael, ihr mögt beide die *Vorstadtwache*. Aber das heißt noch lange nicht, dass er gerne Detektiv spielen will.« Sie ging leicht in die Knie und nahm mit den Armen eine Ballettposition ein. »Und du traust dich garantiert nicht, ihn anzusprechen. Wetten?« Ihre Schwester verengte die Augen zu schmalen Schlitzen.
»Da wette ich dagegen. Wenn ich verliere, übernehme ich eine Woche lang den Gartendienst. Und wenn du verlierst, lässt du eine Woche lang das dämliche Rumgehopse! Kein Ballett in diesem Haus. Kein Jazzdance und kein Super-Fit-Modern-Video-Getanze oder wie das alles auch immer heißt.«
»Abgemacht!« Janette wechselte die Position. »Freu dich schon mal darauf, die Rosen zu schneiden. Aber Marie und ich haben jetzt viel zu besprechen. Bis dann.« Sie öffnete die Tür zu ihrem Zimmer. Marie folgte ihr mit gemischten Gefühlen. Obwohl Janette ziemlich selbstbewusst und ehrgeizig war, mochte sie das Mädchen. Andererseits war sie ziemlich unfair zu ihrer Schwester. Sie entschloss sich, erst einmal abzuwarten und nichts zu sagen. Marie selbst stritt sich ja auch nur allzu oft mit ihrer Stiefschwester Lina. Dabei konnten sich die beiden Mädchen inzwischen wirklich gut leiden. Unter Geschwistern konnte ein rauer Tonfall eben schon mal üblich sein. Marie

betrat Janettes Zimmer und sah sich staunend um. »Das nenne ich mal ein wirklich krasses Design!«

»Meine Lieblingsfarben!« Janette blickte zufrieden auf ihre Einrichtung. Das ganze Zimmer war in einem matten Schwarz gestrichen. Auch der Teppich und die Fensterrahmen waren schwarz. Dafür waren überall pinkfarbene Akzente gesetzt. Es gab rosa Kissen mit glänzenden Pailletten, Bettwäsche mit rosafarbenen Sternen und pinkfarbene Lampenschirme. Über dem Bett glitzerten die Worte *Music & Dance* als Wand-Tattoo – angestrahlt von einem kleinen Bühnenscheinwerfer. Daneben hing ein schwarz-rosa Poster des Musicals *Kiss me, Vampire*. An der gegenüberliegenden Wand klebten lauter Fotos von Janette in verschiedenen Kostümen. Anscheinend alles Bilder von ihren Aufführungen. In einem schwarzen Regal befand sich eine riesige Sammlung von Musical-DVDs. Außerdem gab es einen großen Spiegel und einen Schminktisch mit zahlreichen Pinseln, Make-up-Fläschchen, Puderdöschen und Lippenstiften.

Während unten im Haus alles voller Rosen war, herrschte in Janettes Zimmer der totale Musical-Overkill. Marie musste jedoch zugeben, dass es klasse aussah.

»Ich stehe nicht so auf den Geschmack meiner Mutter«, gestand Janette. »Dieser Landhausschick ist einfach nichts für mich.«

Sie sprachen eine Weile über Musicals und Tanzen und darüber, dass ihre Gesangslehrerin und ein bekanntes Tanzstudio bald eine gemeinsame Aufführung planten. Dann kamen sie wieder zum eigentlichen Grund ihres Treffens. »Von hier aus hat man einen guten Überblick über den Rosengarten.« Janette deutete aus dem Fenster. Die Dämmerung hatte bereits eingesetzt. Marie konnte jedoch erkennen, dass der hintere Bereich des Gartens durch eine Hecke abgetrennt war. Selbst im Zwielicht konnte man die vielen Rosen sehen, die dort wuchsen. Sie leuchteten in zarten Weiß- und Gelbtönen. »Wenn es dunkel ist, haben wir aber keine Chance, einen Eindringling zu beobachten«, gab Marie zu bedenken.

»Keine Sorge!« Janette deutete auf das Grundstück hinter dem Rosengarten. »Da wohnen die Rolands. Die sorgen schon für die richtige Beleuchtung!«

Tatsächlich gingen dort bereits eine halbe Stunde später mehrere Lichter an. Ein schwacher Schein erhellte auch den Garten der Familie Fries und die gepflegten Rosenbeete und warf lange Schatten auf den Rasen.

»Das ist die normale Nachtbeleuchtung von denen«, erklärte Janette. »Wenn die Zwerge eine Bewegung registrieren, gehen zusätzliche Scheinwerfer an. Dann ist es draußen taghell!«

»Auch bei euch?«

»Es kommt drauf an, wie nah der Eindringling an die hintere Grundstücksgrenze kommt.«

Marie spähte in den abendlichen Garten hinab. »Ob deine Schwester sich wohl heute Nacht tatsächlich auf die Lauer legt?«

»Zuzutrauen wäre es ihr!« Janette schnaubte. »Aber ich kann mir nicht vorstellen, dass sie Raphael anspricht. Dazu ist sie viel zu verknallt in ihn. Wenn er im Garten ist, schleicht sie immer total peinlich herum und wird rot, wenn er grüßt. Ich wette, sie bringt kein Wort heraus, sondern stammelt nur herum.«

»Ich glaube, ich habe ihn heute schon gesehen«, fiel Marie ein. »Wohnt Raphael rechts von euch? Ein gut aussehender Typ mit widerspenstigem Haar und braunen Augen?« Janette nickte. »Genau das ist er. Raphael Bergendahl. Laut Melissa hat er ›Augen wie flüssiges Karamell‹.« Sie lachte glockenhell auf. »Ich war mal zwei Monate mit ihm zusammen. Das hat sie total fertiggemacht.«

»Das kann ich mir vorstellen«, gab Marie zurück. »Und warum hat es mit euch nicht geklappt?«

»Er sieht super aus, aber er interessiert sich für ganz andere Sachen als ich«, erklärte Janette. »Raphael kann stundenlang von irgendwelchen Surfurlauben erzählen. Da kann man dann nur noch die Ohren auf Durchzug stellen und versuchen, nicht einzuschlafen.«

»Gutes Stichwort!«, meinte Marie. »Wir sollten uns einen Wecker stellen! Nicht, dass wir euren Nachtschatten verpassen!«

Detektivtagebuch von Kim Jülich
Samstag, 22:00 Uhr

Es scheint so, als hätten wir einen neuen Fall! Marie ermittelt heute schon mal alleine vor Ort. Franzi und ich werden dann hoffentlich morgen auch mit von der Partie sein. Um ehrlich zu sein: Unsere Auftraggeberin ist etwas speziell. Janette Fries scheint

sich für einen aufsteigenden Musical-Star zu halten und kann nicht mal in ihrer Freizeit aufhören, ihre Tanzübungen zu machen. Ich habe genau gesehen, wie sie kleine Kniebeugen und Tanzschritte gemacht hat, während sie mit uns geredet hat. Mal sehen, wie sich der Fall entwickelt. Ich habe sicherheitshalber schon mal den Blog von Janettes Mutter im Internet angesehen. Eine gigantische Rosenflut. Mehr geht echt nicht. Aber der Blog scheint ziemlich angesagt zu sein. Die Besucherzahlen sind jedenfalls super! Janette Fries habe ich bei meiner Recherche im Internet ebenfalls gefunden. Sie ist in ziemlich vielen Communitys angemeldet. Natürlich haben die alle etwas mit Tanzen, Singen oder Musical zu tun. War ja klar. Aber ich habe auch herausgefunden, wer Janettes Schwester ist. Was für eine Überraschung! Ich kenne sie! Melissa und ich waren mal zusammen in einem Schreibworkshop. Sie ist richtig gut. Und sehr nett. Wir haben uns auf Anhieb verstanden. Kaum zu glauben, dass Melissa die Schwester von der Dancing Queen ist. Manchmal kann man echt nur staunen.
Sonst gibt es zu diesem Fall vorerst nichts zu berichten.

Geheimes Tagebuch von Kim Jülich
Samstag, 22:24 Uhr

GEHEIM! Darin stecken die Worte »Geh« und »Heim!«. Also verzieh dich! Wer immer du auch gerade bist! Das gilt ganz besonders für kleine Brüder!!!!!!!!!!!!!!!!!!!!
Irgendwie habe ich mir von den Sommerferien mehr erhofft. Besseres Wetter, spannende Fälle für Die drei !!! und mehr Glück in der Liebe! Endlich bin ich komplett über Michi hinweg und es herrscht gerade extreme Flaute in Sachen Romantik. Es ist einfach kein Traumprinz in Sicht – noch nicht einmal ein Frosch (oder eine Kröte). Aber immerhin hat es mich nicht so hart getroffen wie Marie. Das mit ihr und Holger ist wirklich schlecht gelaufen. Eine Trennung auf Zeit?!? Weil er sich in eine andere verliebt hat?!? Wie kann Marie das nur mitmachen? Das hält man doch nicht aus! Mir

würde es an ihrer Stelle total mies gehen. Aber sie hält sich tapfer. Vielleicht sieht sie noch eine Chance für sich und Holger. Wenn sie doch nur mit Franzi und mir darüber reden würde! Ich traue mich nicht, sie direkt anzusprechen.

Marie erwachte. Sie lag im Dunkeln auf einer Luftmatratze. Mit einem Mal setzte sie sich kerzengerade auf. Die Sirene eines Rettungswagens durchbrach die Stille der Nacht. Sie kam immer näher und näher. Ein Blick auf ihr Handy verriet, dass es schon fast zwei Uhr in der Nacht war. Marie hatte verschlafen! Hektisch sprang sie auf. War der geheimnisvolle Eindringling schon da gewesen? Draußen im Garten war alles dunkel. Bis auf den Lichtschein, der vom Grundstück der Rolands auf die Rosen fiel. Aber etwas stimmte nicht. Jetzt erst fiel Marie auf, dass die Sirene des Krankenwagens schlagartig verstummt war. War etwas passiert?
»Janette?«, versuchte sie ihre Auftraggeberin zu wecken. Doch die murmelte nur etwas und drehte sich wieder um. Marie hatte vorsorglich in ihren Sachen geschlafen. Sie hatte dafür extra ein Ermittlungsoutfit angezogen. Bestehend aus einer schwarzen Sporthose, einem bequemen Top und einer Fleecejacke. Das entsprach nicht gerade Maries hohem modischen Standard, aber es war praktisch. Immerhin war sie gerade allein für die drei !!! im Dienst. Marie schlüpfte in ihre Sneakers, dann trat sie hinaus auf den Flur. Die Zimmertür von Melissa stand offen.
»Melissa, bist du da?«, fragte Marie erst leise, dann etwas lauter. Es kam keine Antwort. Marie betrat das Zimmer. Es war

leer. Dafür zuckten Lichter über die Wände und warfen unheimliche Schatten. Blaulicht! Der Krankenwagen stand direkt vor der Tür!

Blaulicht im Rosenweg

Marie lief zum Fenster. Die Gardinen waren geöffnet und boten einen ungehinderten Blick auf die Auffahrt der Familie Fries. Dort parkte tatsächlich ein Krankenwagen. Die Sanitäter stiegen gerade aus dem Wagen. Jemand kam ihnen entgegen. Marie kniff die Augen zusammen. Dann machte sie auf dem Absatz kehrt und eilte los. Im Treppenhaus prallte sie fast mit Annette Fries zusammen. Janettes Mutter knotete im Laufen ihren Bademantel zu. »Weißt du, was da los ist?«

»Nur, dass ein Krankenwagen vor der Tür steht«, antwortete Marie aufgeregt.

Ohne ein weiteres Wort eilte Frau Fries die Treppen hinunter, schlüpfte in ihre Schuhe und öffnete die Haustür. Marie folgte ihr. Die Nachtluft war feucht und kühl. Irgendwo begann ein Hund zu bellen. Es klang wütend. Die Sanitäter waren nicht zu sehen. Anscheinend waren sie im Garten. Schon war Frau Fries zwischen den Apfelbäumen an der linken Hausseite verschwunden. Marie lief durch die Dunkelheit. Was war nur geschehen?

Ganz hinten im Rosengarten bewegten sich Gestalten. Eine aufgeregte Mädchenstimme erklang, gefolgt von einer relativ ruhigen Männerstimme. Eine lichtstarke Lampe wurde eingeschaltet. Der wütende Hund bellte inzwischen noch lauter. Es kam aus einem der angrenzenden Gärten.

»Was ist hier los?«, rief Frau Fries energisch.

»Mama!« Melissa löste sich aus der Dunkelheit. »Raphael wurde angegriffen!«

»Was?« Annette Fries blieb abrupt stehen. »In unserem Garten?«

»Ich erkläre es dir später.« Melissas Stimme bebte.

Marie war unterdessen ebenfalls beim Durchgang zum Rosengarten angekommen. Im Schein der Lampe konnte sie eine Person erkennen, die regungslos auf dem Rasen lag. Eine junge Sanitäterin kümmerte sich gerade um sie, der andere Sanitäter wandte sich Frau Fries zu. Es handelte sich um einen großen Mann mit dichtem rotem Haar. »Wir haben gerade die Polizei verständigt.«

»Polizei?« Frau Fries schnappte nach Luft. »Aber was ist hier überhaupt los?«

»Der Junge ist ohnmächtig«, erklärte der rothaarige Mann. »Er hat eine Kopfverletzung. Wir bringen ihn ins Krankenhaus.«

»Ich muss sofort seine Eltern verständigen!«, rief Frau Fries. »Er wohnt nebenan!«

»Tun Sie das«, bekräftigte der Sanitäter. »Aber bleiben Sie bitte in der Nähe. Die Polizei wird gleich da sein.«

Auf dem Grundstück hinter dem Rosengarten wurde es schlagartig taghell. Marie entdeckte mehrere Scheinwerfer, die in den Bäumen angebracht waren. Das Gebell verstummte. »Was ist da los?«, fragte eine tiefe Männerstimme hinter den Rosenbüschen, die zwischen den beiden Gärten gepflanzt waren.
»Herr Roland!« Frau Fries stöhnte. »Der hat mir jetzt gerade noch gefehlt! Ich werde mal kurz mit ihm reden.« Sie stapfte davon.
»Wird Raphael wieder gesund?« Melissa schniefte. Sie warf einen unglücklichen Blick auf den hübschen Jungen, der nun auf eine Trage gehoben wurde. Die Augen mit den langen dunklen Wimpern waren geschlossen, der Mund leicht geöffnet. Ein paar Rosenblätter hatten sich in seinen widerspenstigen Haaren verfangen. Raphael sah aus, als würde er schlafen. Nur das dünne Rinnsal Blut an seiner blassen Schläfe verriet, dass etwas nicht stimmte. Marie sah sich um. Was war bloß passiert? Sie warf einen Blick auf Melissa. Tränen liefen über ihr Gesicht und reflektierten das Licht der Einsatzlampe. »Wird er wieder gesund?«, wiederholte sie etwas leiser.
»Ich kann das nicht versprechen«, meinte der Rothaarige in einem gutmütigen Tonfall. »Aber ich vermute mal, dass er mit einer Gehirnerschütterung davonkommen wird. Was er genau hat, kann man aber erst im Krankenhaus abklären.« Er hielt Marie die Lampe hin. »Kannst du uns auf dem Weg zum Wagen leuchten?«
»Selbstverständlich!« Marie nahm die Lampe entgegen. Sie war überraschend schwer.

»Wir müssen endlich eine Außenbeleuchtung im Rosengarten bekommen!«, murmelte Frau Fries, aber niemand hörte ihr zu. Marie wartete, bis die beiden Sanitäter Raphael auf der Trage festgeschnallt hatten. Ein kühler Wind fuhr ihr durch das offene Haar. Sie fröstelte. Wieder einmal hatte Marie das Gefühl, dass der Herbst den Sommer verdrängt hatte. Sie schnupperte. Da war bereits dieser Geruch von feuchter Erde und Moos, der sonst erst Ende September in der Luft lag. Gleichzeitig fühlte sie sich an die Nordseeküste erinnert.

Das lag vermutlich an den Heckenrosen, die hier noch blühten ... und an einem weitaus weniger blumigen Aroma: Es müffelte nach Tier, genauer gesagt nach Schaf. Marie erinnerte sich daran, dass eine Schafweide in der Nähe lag.

»Halt die Lampe etwas höher!«, riss die Sanitäterin Marie aus ihren Gedanken.

»Kann ich mitfahren?«, fragte Melissa.

»Ich fürchte, du musst hierbleiben«, sagte der andere Sanitäter. »Die Polizisten werden bestimmt mit dir sprechen wollen. Immerhin bist du die einzige Zeugin.«

Als sie alle gemeinsam die Auffahrt erreicht hatten, setzte ein leichter Regen ein. Melissa schlang verloren die Arme um ihren Körper. Marie hätte sie gerne getröstet, aber sie wusste nicht, was sie sagen sollte. Sie kannte Melissa ja kaum. Frau Fries redete unterdessen aufgeregt auf ihren Mann ein, der ebenfalls aufgewacht war und nun schlaftrunken vor dem Haus stand.

»Annette?« Eine Frau erschien am Zaun rechts von dem Rosenhaus. Genau wie Annette Fries trug auch sie einen

Morgenmantel. Offensichtlich handelte es sich um die Mutter von Raphael. »Ist bei euch alles in Ordnung?«

»Beate!« Frau Fries lief auf ihre Nachbarin zu. »Gut, dass du da bist! Bitte komm schnell rüber!«

Schon bald war die Auffahrt der Familie Fries voller Menschen. Raphaels Mutter stieg mit in den Krankenwagen, sein Vater sprach mit dem rothaarigen Sanitäter, Herr Fries starrte noch immer verschlafen auf das Geschehen, während seine Frau ihm etwas über eine fehlende Außenbeleuchtung und einen viel zu dunklen Garten erzählte. Kurz darauf kam auch Herr Roland strammen Schrittes anmarschiert. Auf Melissa und Marie achtete niemand. Das änderte sich allerdings, als die Polizei eintraf. Marie hatte gehofft, Kommissar Peters zu treffen. Der Polizist war immerhin ein alter Bekannter der drei !!!. Offenbar hatte er jedoch diese Nacht keinen Dienst. Marie kannte die zwei Beamten, die aus dem Einsatzwagen stiegen, nur flüchtig vom Sehen. Es handelte sich um einen sehr jungen Polizisten und seinen älteren Kollegen. Die beiden Männer wirkten müde und gestresst. Sie redeten kurz mit den Sanitätern und nahmen sich dann Melissa vor. Was folgte, war ein regelrechtes Kreuzverhör. Das Mädchen war noch immer aufgebracht und hatte Mühe, die Fragen zu beantworten.

»Wir brauchen schon etwas konkretere Informationen!«, forderte der jüngere der beiden Polizisten ungeduldig.

»Das finde ich aber auch!«, mischte sich Herr Roland ein. »Immerhin geht es um die Sicherheit des gesamten Wohngebietes! Wir können von Glück reden, dass unser Ludwig angeschlagen hat. Vermutlich konnte er dadurch den Täter in die Flucht schlagen.«

»Der hat doch erst gebellt, als der Krankenwagen kam«, warf Marie ein, aber niemand hörte sie.

Melissa fuhr sich mit beiden Händen über das Gesicht. »Es ging alles so schnell!«

Der ältere Beamte trat unruhig von einem Bein auf das andere. »Du warst im Garten, als der Junge überfallen wurde. Irgendetwas musst du doch gesehen haben.«

»Es war dunkel!«, wandte Melissa ein. Sie klang nun gefasster.

»Wir wollen demnächst eine Außenbeleuchtung anbringen«, redete Frau Fries aufgeregt dazwischen. Herr Roland pflichtete ihr bei. »Das ist sehr wichtig!«

»Was für ein Chaos!« Die Polizisten tauschten genervte Blicke. »Wir würden gern hören, was das Mädchen hier zu berichten hat!«

»Schon gut«, sagte Herr Roland eingeschnappt.

»Raphael und ich waren im Garten«, fing Melissa zögerlich an. Dann holte sie tief Luft. »Wir wollten herausfinden, wer nachts durch die Gärten schleicht.«

»Was?«, rief Frau Fries aufgebracht. »Ich –«

»Klären Sie das bitte später«, unterbrach sie der junge Polizist. Er trat zur Seite, um den Krankenwagen durchzulassen, der nun von der Auffahrt fuhr.

»Raphael lag bereits hinten im Garten auf der Lauer und ich wollte gerade dazukommen, als jemand über den Zaun der Nachbarn stieg.«

»Von welcher Seite?«, fragte der ältere Polizist.
»Von links«, antwortete Melissa. »Da wohnt Frau Weichert.«
Marie ließ zur Sicherheit die Diktierfunktion ihres Handys mitlaufen. Dann hatte sie das Gespräch mit all den Informationen später verfügbar.
Der junge Polizist machte sich Notizen auf einem Block. »Und dann?«
»Ich bin mir nicht ganz sicher, ob es ein Mann oder eine Frau war. Die Person trug eine schwarze Skimaske«, gab Melissa Auskunft. »Aber die Gestalt bewegte sich eher wie eine Frau.«
»Eine Frau? Sicher?«
Melissa wischte sich eine Haarsträhne aus dem Gesicht. »Ich würde nicht meine Hand dafür ins Feuer legen. Aber ich glaube schon, dass es eine Frau war. Sie war groß und sehr schlank.«
Marie hörte aufmerksam zu. Der Nachtschleicher war also anscheinend eine Nachtschleicherin!
»Raphael hat versucht, sie aufzuhalten, aber da hat die Person ihn angegriffen«, fuhr Melissa unterdessen fort.
»Mit einer Waffe?«, wollte der ältere Polizist wissen.
Melissa zögerte. »Ich weiß es nicht. Als ich bei Raphael ankam, war die Angreiferin schon geflohen.«
»Wohin?«
»Auf das Grundstück rechts von uns«, sagte Melissa. »Da wohnt Raphael mit seinen Eltern.«
»Der Garten grenzt an eine Straße«, meldete sich Herr Roland zu Wort. »Diese Kriminelle hat dort bestimmt ihren Fluchtwagen geparkt.«

Die Polizisten machten sich noch ein paar Notizen. Dann stiegen sie wieder in ihren Wagen. Frau Fries bot an, den Mädchen einen heißen Kakao zu kochen, aber Melissa wollte lieber allein sein. Schließlich lagen alle wieder in ihren Betten. Marie starrte zur Zimmerdecke hoch und lauschte. Jetzt war alles wieder still. Sogar Ludwig hatte aufgehört zu bellen. Janette atmete leise und gleichmäßig. Hatte sie von der nächtlichen Aufregung nichts mitbekommen? Marie drehte sich zur Seite. Armer Raphael! Ob er wohl schlimm verletzt war? Marie dachte an sein blasses Gesicht und das dünne Rinnsal Blut an seiner Stirn. Jetzt stand fest, dass tatsächlich jemand nachts durch die Gärten schlich! Vielleicht konnte ihr Melissa morgen mehr sagen. Außerdem würde Marie noch vor dem Frühstück den Tatort nach Spuren untersuchen. Etwas summte. Marie zuckte zusammen. Das war ihr Handy! Sie setzte sich auf, nahm das Gerät und blickte auf das leuchtende Display. Eine SMS von Holger! Maries Herz begann spürbar zu klopfen. Die SMS-Vorschau zeigte den Satz *Ich kann nicht schlafen, ich muss immer an dich denken!*. Dahinter war ein Herz-Smiley zu sehen. Mit zitternden Fingern rief Marie das SMS-Menü auf, um auch den Rest der Nachricht zu lesen. Holger dachte an sie! Mitten in der Nacht! Das war ein gutes Zeichen! Ein warmes Gefühl der Freude breitete sich in ihr aus. Jetzt erst bemerkte sie, wie sehr sie sich eine Nachricht von ihm gewünscht hatte. Sie waren einfach ein Traumpaar! Und jetzt würde endlich alles wieder gut werden! Marie holte tief Luft und las die Zeilen, die ihr Freund ihr geschickt hatte:

Ich kann nicht schlafen, ich muss immer an dich denken! Parkouring hat lange nicht mehr so gerockt wie gestern mit dir. Wann trainieren wir wieder bei der alten Fabrik? Meine Welt steht kopf! Holger

So musste es sich anfühlen, wenn einem jemand einen Eimer mit Eiswasser über den Kopf kippte. Marie hatte das Gefühl, dass alles an ihr kalt und taub wurde. Vermutlich waren sogar ihre Tränen gefroren. Sie konnte nicht einmal weinen. Die SMS galt gar nicht ihr! Das Handy summte wieder. Es klang höhnisch. Mechanisch schaute Marie auf das Gerät. Schon wieder Holger.

Sorry, Marie!!!!! Die SMS war für Selma gedacht. :-(Tut mir so leid! Mist! Mist! Mist! Melde dich, wenn du reden willst!!! LG, Holger

»Reden?«, murmelte Marie. Worüber konnte sie mit Holger denn jetzt noch reden? Was für eine Unglücksnacht!

Regen am Tatort

»Der Wetter-Lieferant hat sich wohl im Monat vertan!«, knurrte Franzi. Sie warf einen Blick zum Himmel, wo sich gerade wieder dicke graue Wolken formierten. »Wir haben Sommer! Nicht etwa November! Wo kann ich dieses Wetter bitte schön reklamieren?«
Kim kicherte. »Vielleicht hat Petrus eine Urlaubsvertretung. Was meinst du, Marie?«
Doch Marie hatte gar nicht richtig hingehört. Sie stand am Rande des Rosengartens und starrte auf den Boden. An der Stelle, an der Raphael in der Nacht gelegen hatte, war das Gras platt gedrückt. Ein paar Rosenblätter lagen noch am Boden. Weiße Tupfer auf dunklem Grün. Dazwischen lag ein einzelner Apfel. Ein echtes Herbstsymbol, fand Marie. Passend zum Wetter und zu ihrer Stimmung.
»Das muss ein ziemlich heftiger Anblick gewesen sein«, sagte Franzi mitfühlend.
Marie nickte stumm. Die Sache mit Raphael war schlimm gewesen. Immerhin hatte sie heute schon ausgiebig mit Janette,

Melissa und ihren Freundinnen darüber sprechen können. Aber da war auch noch die SMS von Holger. Davon wussten Kim und Franzi noch nichts. Marie wollte sich jetzt lieber auf den Fall konzentrieren. Der ging vor. Schließlich lag bereits jemand im Krankenhaus. Es war höchste Zeit für Ermittlungen. Die Polizei hatte sich heute noch nicht blicken lassen. Dafür waren Kim und Franzi schon um neun Uhr im Rosenweg angekommen.

»Wir dürfen am Tatort nichts anfassen oder gar zertreten!«, ermahnte Kim ihre Freundinnen, als sie ein paar Fotos gemacht hatte. »Bestimmt kommt gleich die Spurensicherung.«

»Glaube ich nicht.« Franzi kletterte auf einen knorrigen Obstbaum, um sich einen Überblick zu verschaffen. Obwohl die Rinde nass war, kam sie zügig voran. »Kommissar Peters hat neulich erst gesagt, dass sie mal wieder total unterbesetzt sind. Verbrecher halten sich nicht an die Urlaubszeiten und außerdem sind mehrere Leute im Präsidium krank. Sommergrippe.« Geschickt zog sie sich an einemAst hoch.

»Und? Kannst du etwas sehen?«, fragte Kim.

»Jede Menge Rosen!«, rief Franzi.

»Dafür brauchtest du nun wirklich nicht zu klettern!«, amüsierte sich Kim. »Beschreib mal lieber, was du siehst. Alles könnte wichtig sein.«

»Meinetwegen«, gab Franzi zurück. »Also links liegt ein kleines Siedlungshäuschen und dahinter eine Schafweide. Mit sieben oder acht Schafen.«

»Nicht zählen!«, warnte Kim mit gespieltem Ernst. »Sonst schläfst du uns da oben noch ein.«

Wider Willen musste sogar Marie etwas grinsen.
»Ach du wilde Waldfee!« Franzi deutete mit einer Hand auf das Grundstück hinter dem Rosengarten. »Den Nachbarn scheint ein Gartenzwerg allein nicht zu reichen. Die haben gleich eine ganze Mannschaft davon – samt Schneewittchen, zwei Rehen und einem Pfau! Und am Teich gibt es einen Wasser speienden Delfin aus Plastik!«
»Das ist der Garten der Rolands«, erklärteMarie. »Die Gartenzwerge sind mit Bewegungsmeldern und Kameras ausgestattet.«
»Vielleicht konnten die gestern etwas aufzeichnen«, überlegte Kim. »Wir sollten unbedingt mit den Rolands sprechen.« Dann blickte sie wieder hoch zu Franzi. »Fällt dir sonst etwas auf?«
»Nein. Aber ich kann ja mit meinem Handy ein paar Fotos machen.« Sie hielt sich mit einer Hand an einem kräftigen Ast fest und griff mit der anderen in ihre leichte Sommerjacke.
»Rechts wohnt übrigens die Familie Bergendahl. Das sind Raphael und seine Eltern«, informierte Marie ihre Freundinnen. Sie blickte auf die Notizen, die sie sich gemacht hatte. »Und dahinter liegt eine Straße – der Eschenweg. Das Siedlungshäuschen bei der Schafweide gehört einer älteren Dame. Sie heißt Augustine Weichert. Alleinstehend, über siebzig.«
Kim holte ein Klemmbrett aus ihrem Rucksack und machte sich eine Skizze. »Die Nachtschleicherin kam also von Frau Weichert und ist dann durch den Rosengarten gelaufen. Raphael wollte die Person aufhalten, wurde dabei jedoch nieder-

geschlagen. Der Fluchtweg führte dann über den Garten der Bergendahls und vermutlich zum Eschenweg.«

»Das glaubt zumindest Herr Roland«, meinte Marie. »Er ist übrigens der Meinung, dass es sich um eine Einbrecherin handelt, die sein Haus ausspionieren will.«

Ein Tropfen landete auf Kims Klemmbrett. Dann ein zweiter und ein dritter.

»Ich habe heute Morgen schon geduscht!« Franzi klappte die Kapuze ihrer Jacke über ihre roten Haare. »Das reicht mir!«

»Habt ihr etwas gefunden?« Frau Fries kam über den Weg aus alten Steinplatten zum Rosengarten. Sie sah müde aus.

»Wir machen ein zweites Frühstück. Heute Morgen hat keiner von uns etwas runterbekommen. Wenn ihr mögt, könnt ihr gerne mitessen.«

Kim packte ihr Klemmbrett ein, bevor es noch richtig nass wurde. »Gute Idee! Mit leerem Magen kann man schlecht denken.«

Franzi hangelte sich wie ein Affe von Ast zu Ast, bis sie mit einem perfekten Sprung im feuchten Gras landete.

»Sportlich!«, lobte Frau Fries. »Du kannst gut klettern.«

»Danke«, gab Franzi zurück. Sie rieb sich die krümeligen Reste von Borke und Moos von den Händen.

Frau Fries betrachtete den Baum. »Wusstet ihr, dass die Kirsche auch zu den Rosengewächsen zählt?«

»Äh, nein«, gab Kim zurück.

»Dieser Teil des Gartens ist ausschließlich den Rosen gewidmet.« Sie deutete auf die Beete. »Mit Christrosen, Teerosen,

Heckenrosen und vielen anderen Arten. Zum Glück wurden sie gestern nicht beschädigt.«

Marie zog die Augenbrauen hoch. Jemand hatte den Nachbarsjungen angegriffen und verletzt. Doch Annette Fries machte entweder Pläne über die Außenbeleuchtung oder dozierte über Rosen. Langsam bekam Marie das Gefühl, dass der Frau Haus und Garten wichtiger waren als ihre Mitmenschen. In diesem Augenblick schien der Himmel seine Schleusen zu öffnen. Aus dem leichten Schauer wurde innerhalb von Sekunden ein starker Regen. Frau Fries und die Mädchen eilten zurück zum Haus. Trotzdem kamen sie nass in der Küche an. Frau Fries verschwand daher gleich im Obergeschoss, um Handtücher zu holen. Kim fuhr sich durch ihre kurzen dunklen Haare. Sie sah hinaus in den dichten Regen, der an die Fensterscheiben trommelte und auf die Terrasse prasselte. Melissa hatte unterdessen den Tisch gedeckt und eine große Kanne Tee aufgesetzt. Jetzt bereitete sie gerade Rührei zu. Janette stand neben dem großen Küchentisch und machte Dehnübungen. Herr Fries war schon zur Arbeit aufgebrochen.

»Das duftet aber gut!« Kim stellte sich zu Melissa an den Herd.

»Ich verzichte«, meinte Janette.

»Zu viele Kalorien?«, fragte Kim eine Spur zu ungehalten. Melissa grinste kurz, doch dann nahm ihr Gesicht wieder einen besorgten Ausdruck an.

Janette sagte nichts. Sie schenkte sich einen Becher Tee ein.

»Ich habe gehört, dass du den Fall selbst übernehmen wolltest«, meinte Kim leise zu Melissa. Die nickte. »Ja, das wollte ich. Zusammen mit Raphael.« Ihre Stimme klang belegt. »Aber daraus wird jetzt ja nichts mehr.«

Kim sah betreten zu Boden. »Nein, vermutlich nicht.«

»Vielleicht kann ich euch ja etwas bei den Ermittlungen helfen«, sagte Melissa, während sie die Pfanne vom Herd nahm. »Ich bin es Raphael schuldig, die Täterin zu finden. Immerhin habe ich ihn überredet, sich nachts im Garten auf die Lauer zu legen.«

»Es ist nicht deine Schuld!«, widersprach Kim.

Es klingelte an der Tür.

»Moment!«, rief Annette Fries von der Treppe aus. Kurz darauf kam sie mit Frau Bergendahl wieder zurück. Raphaels Mutter war blass, aber sie lächelte. In der Hand hielt sie einen kleinen Schirm, von dem Wasser auf den Küchenfußboden tropfte.

»Möchtest du einen Tee, Beate?«, fragte Frau Fries ihre Nachbarin. Sie legte einen Stapel weißer Handtücher mit Rosenaufdruck auf den Tisch. »Hier, für eure Haare.«

»Ich wollte euch nur sagen, dass Raphael morgen schon wieder nach Hause darf!« Frau Bergendahl strahlte. »Er hat zum Glück nur eine leichte Gehirnerschütterung. Heute soll er zur Sicherheit noch im Krankenhaus bleiben.«

»Hat er dir denn erzählen können, was passiert ist?«, wollte Frau Fries wissen.

Frau Bergendahl schüttelte den Kopf. »Er hat heute Morgen tief und fest geschlafen. Daher konnte ich noch nicht mit ihm sprechen. Aber Melissa hat mir gestern schon berichtet, dass Raphie einen Einbrecher stellen wollte.«

»Ein echter Held! Wenn Raphael wieder aufwacht, kann er diese gewalttätige Frau bestimmt beschreiben«, meinte Annette Fries. »Wobei es natürlich sehr dunkel war. Bei uns ist noch keine Außenbeleuchtung angebracht. Ich werde mich noch diese Woche darum kümmern.«

»Darf Raphael Besuch empfangen?«, fragte Melissa.

»Ich denke schon«, meinte seine Mutter. »Aber Raphie muss sich dringend ausruhen.«

Marie unterdrückte ein Gähnen. Im Garten hatte sie sich noch wach gefühlt. In der warmen, gemütlichen Küche merkte sie, wie müde sie eigentlich war. Die Nacht steckte ihr noch in den Knochen. Schließlich packte sie ihre Sachen zusammen und fuhr mit ihren Freundinnen los. Janette musste sowieso zum Gesangsunterricht und Melissa wollte Raphael im Krankenhaus besuchen. Kim wäre gern mitgefahren, aber es war besser, wenn der verletzte Junge nicht gleich von mehreren Leuten belagert wurde. Er sollte lieber erst mit jemandem sprechen, den er schon kannte. Melissa würde sich Notizen machen und sich dann mit den drei !!! in Verbindung setzen.

In der Villa war alles ruhig. Maries Vater und Tessa waren bei der Arbeit und Finn war mit seiner neuen Babysitterin auf dem Spielplatz. Marie fröstelte. Die Fahrt war kühl und nass gewesen. Gut, dass die drei !!! heute kein Clubtreffen mehr machen würden. Marie wollte einfach nur in die heiße Badewanne und danach ins Bett. Sie schleppte sich die Treppe hinauf und stellte ihre Tasche achtlos auf dem Fußboden ab. Auspacken konnte sie später. Jetzt war dringend ein erholsames Wellness-Programm nötig. Marie besaß ein eigenes Badezimmer, das direkt an ihr Zimmer grenzte. Auf dem Rand der Wanne standen Duftkerzen. Die zündete sie sich an. Ein dezenter Hauch von Lavendel erfüllte bald darauf den Raum. Passend dazu suchte sich Marie eine blau schimmernde Badekugel aus, die sie geschenkt bekommen hatte. Dampfendes Wasser rauschte in die Wanne und die Kugel löste sich langsam auf. Kleine Glitzerpartikel wurden aufgewirbelt und es bildete sich ein knisternder Schaum. Das war ganz nach Maries Geschmack. Es war die perfekte Entspannung nach einem anstrengenden Tag – oder eben einer anstrengenden Nacht. Aber dieses Mal fühlte sie sich trotzdem kalt und leer. Genau wie in der Nacht. Selbst das heiße Wasser konnte Maries Herz nicht aufwärmen. Immer wieder musste sie an die SMS denken.

Nach dem Bad war Marie so müde, dass sic bis zum frühen Nachmittag schlief. Dann setzte sie sich auf den Fußboden und kämmte ihre Haare. Langsam kehrten ihre Kräfte zurück. Sie sah sich im Zimmer um. Hier erinnerten viel zu viele Dinge an Holger! Es war an der Zeit, einen klaren Schlussstrich zu ziehen. Gleich morgen würde sie sich mit Holger treffen und die Beziehung mit ihm beenden. Sie wollte nicht länger darauf warten, dass Holger sich doch für sie entschied! Bis dahin wollte Marie aufräumen. Sie legte die Bürste weg und holte einen Umzugskarton. Als Erstes landete ein Brief von Holger im

Karton, dann ein paar Fotos und eine CD mit Holgers Lieblingsmusik. Schließlich fand Marie auch ein ganz besonderes Geschenk von ihm. Sie erinnerte sich noch genau daran, wie sie beim gemeinsamen Parkouring mit ihm ins Wasser gefallen war. Daraufhin hatte Holger ihr ein Herz aus Stoff überreicht: Ins Wasser getaucht, wurde aus dem gepressten Frottee ein Handtuch. Ihre Hände zitterten leicht, als sie das Handtuch in den Karton fallen ließ. Es war bedeutungslos geworden.

»Was machst du denn da?« Violetta Mey stand im Türrahmen.

Marie fuhr sich hastig über das Gesicht. »Ach nichts.«

Das rothaarige Kindermädchen sah Marie besorgt an. »Alles okay mit dir?«

»Ja, es geht schon.« Marie klappte den Karton zu.

»Finn und ich wollten Waffeln backen. Willst du nicht mitmachen?«

Marie nickte. »Das ist eine gute Idee!«

»Herzschmerz?«, fragte Violetta, als sie in der Küche den Teig anrührte. Finn spielte mal wieder mit seiner Fernbedienung. Die sang gerade mal nicht, sondern sagte Märchentexte auf: »Spieglein, Spieglein an der Wand, wer ist die Schönste im ganzen Land?« Es klang etwas unheimlich. Das fand wohl auch Finn. Er drückte schnell einen anderen Knopf.

»Woher weißt du das?«, fragte Marie.

Violetta seufzte. »Du hattest eben diesen Blick drauf. So, als hätte ein Typ dein Herz angefahren und dann Fahrerflucht begangen.«

»Das trifft es recht gut«, gab Marie zu.

»Und was machst du jetzt?« Violetta schüttete Vanillezucker in die Schüssel.
»Ich rede mit ihm und beende die ganze Sache«, sagte Marie zögerlich. »Dann kann er mit seiner neuen Flamme glücklich werden und ich warte darauf, dass der Liebeskummer nachlässt.«
»Klingt vernünftig.« Violetta griff nach dem Rührgerät. »Aber Vernunft und Liebe passen nicht zusammen. Lass dir das gesagt sein.«
Marie sah auf. »Was soll ich denn sonst tun?«
»Herausfinden, was er an deiner Gegnerin so toll findet? Dir einen Rache-Plan ausdenken? Die beiden auseinanderbringen? Dampf ablassen?« Violetta schob energisch die Schultern zurück. Jetzt sah sie sehr entschlossen aus. »Du bist zu gut für Liebeskummer. Sei lieber wütend! Ich gebe dir nachher mal ein paar tolle Bücher zu dem Thema.«
Marie nahm einen Schluck Wasser. »Bücher?«
»Ja, es gibt total gute Ratgeber gegen Liebeskummer. Die sollte man kennen. Zum Beispiel Bestseller wie *Männer sind wie Staubsaugerbeutel* oder den Klassiker: *Rache – Ein Grundkurs.*«
»Die kenne ich beide nicht«, gab Marie zu.
»Das ist mein Spezialgebiet!«, erklärte Violetta, nicht ohne Stolz. »Ich bin Expertin. Vielleicht mache ich bald einen Blog zu dem Thema im Internet. Das wird der Renner.«
»Kann sein«, überlegte Marie. Ganz sicher war sie sich nicht.
»Warum sind Männer denn überhaupt wie Staubsaugerbeutel?«, fragte sie nach einiger Zeit.

»Wenn sie nur noch Müll im Kopf haben, sollte man sie wegwerfen«, antwortete das Kindermädchen.
Marie stutzte. »Staubsauger saugen Staub, keinen Müll.«
»Ist doch egal«, fand Violetta. »Es geht ums Prinzip!«
»Na, da hätte es vielleicht etwas Passenderes gegeben«, meinte Marie. »Frösche oder Autos …«
»Oder gemeine, herzbrechende Monster?«, schnaubte Violetta.
Gerade dudelte die Fernbedienung wieder das Lied von Dornröschen. Prompt musste Marie an Raphael denken. Er hatte ebenfalls wie ein männliches Dornröschen ausgesehen. Blass, im regungslosen Tiefschlaf und mit Rosenblättern im Haar. Doch dann schob sich einfach das Bild von Holger davor. Konnte sie wirklich wütend auf ihn sein? Außerdem hatte Holger so gar nichts von einem Staubsaugerbeutel an sich. Und Müll hatte er auch keinen im Kopf. Holger war lustig und intelligent. Er war gewissenhaft, sportlich und … genau Maries Typ. In jeder Hinsicht!
»Eis!«, forderte Finn.
»Oje!« Marie sprang auf und sah ins Eisfach. »Das haben wir ganz vergessen. Meinst du, Schokoeis und Waffeln passen zusammen?«

Kakao Spezial mit Power

Am nächsten Tag war das Wetter etwas besser. Trotzdem saßen die drei !!! im *Café Lomo* lieber drinnen. Auf der Terrasse war es morgens noch etwas frisch. Die Detektivinnen hatten ein gut ausgerüstetes Hauptquartier im Pferdeschuppen von Franzi. Aber sie trafen sich trotzdem oft in ihrem Lieblingscafé. Dort gab es einfach den besten Kakao und köstliche Cake-Pops. Heute wollten die Mädchen das neue Frühstücksangebot testen. Kim blickte strahlend auf das *Frühstück Spezial*, das die Bedienung gerade vor ihr abgeladen hatte. Einen großen *Kakao Spezial* nach Art des Hauses. Dazu ein krosses goldbraunes Brötchen, selbst gemachte Schokocreme mit einem Hauch Vanille, ein kleiner Orangensaft, ein Schälchen mit Aprikosenmarmelade und ein herzförmiges Stück Butter. »Lecker!«, murmelte sie, als sie in das frisch bestrichene Brötchen gebissen hatte. »Einfach lecker!«

Franzi legte eine Scheibe Käse auf ihr Vollkornbrot. Sie hatte ein großes herzhaftes Frühstück gewählt. Immerhin hatte sie bereits einen morgendlichen Ausritt auf ihrer Stute Tinka und

eine Fahrradtour zum Café hinter sich. »Hast du schon etwas von Melissa gehört?«, wollte sie von Kim wissen.
»Hab ich.« Kim nahm einen tiefen Schluck aus ihrem Kakaobecher. Dann sah sie auf. »Sie hat mich gestern angerufen. Im Krankenhaus konnte sie leider nichts Neues in Erfahrung bringen. Raphael geht es wohl gut, aber er hat die ganze Zeit geschlafen.«
»Der wartet wohl noch auf eine Prinzessin, die ihn wach küsst.« Franzi kicherte. »Wie wollen wir denn jetzt vorgehen?«
»Wir müssen auf jeden Fall noch mal zum Tatort. Dort sollten wir mit den Nachbarn sprechen«, schlug Kim vor. »Vielleicht haben all die Sicherheitskameras von den Rolands tatsächlich etwas aufzeichnen können.«
»Ich fürchte, die Kameras waren nicht nah genug dran. Die hätten ja über die Hecke filmen müssen. Aber irgendwo müssen wir anfangen. Was meinst du, Marie?«
Marie legte ihren Toast beiseite, den sie seit einigen Minuten mit dem Messer bearbeitete. Die Butter war längst geschmolzen und die Marmelade verteilt. Marie hatte noch nicht einen Bissen davon genommen. »Prima«, sagte sie nur.
Franzi runzelte die Stirn. »Ist alles okay bei dir?« Sie musterte ihre Freundin von oben bis unten. Marie hatte die Eigenschaft, sich immer passend zum Anlass oder passend zu ihrer Stimmung zu kleiden. Das wussten Kim und Franzi. Marie besaß einen riesigen Kleiderschrank mit einer großen Auswahl an Hosen, Kleidern, Tops, Pullis, Jacken und Handtaschen.

Natürlich hatte Marie auch zu allem die passenden Accessoires. Heute trug sie enge schwarze Hosen, dazu eine sehr figurbetonte schwarze Softshelljacke, einen breiten schwarzen Gürtel und Stiefel mit hohen Absätzen – ebenfalls schwarz. Ihre Fingernägel waren ordentlich in seidenmattem Schwarz lackiert. Auf Schmuck hatte sie ganz verzichtet. Den einzigen Farbtupfer bildeten ihre Lippen. Sie waren in einem dunklen Rot geschminkt. Die Farbe hieß *Dark Rose.*

»Schlecht drauf?«, hakte Franzi noch einmal nach.

»Nein«, widersprach Marie schnell. »Ich habe nur schlecht geschlafen. Das ist alles.« In Wahrheit hatte Marie am Abend zuvor lange bei Violetta im Gästezimmer gesessen. Violetta hatte ihre *Wut-Musik-gegen-Liebeskummer*-Playlist abgespielt und Marie von all den gemeinen Typen erzählt, mit denen sie schon zusammen gewesen war. Außerdem hatte sie Marie aus den Ratgebern vorgelesen. Marie fand zwar immer noch nicht, dass Männer (oder Jungs) wie Staubsaugerbeutel waren, aber sie mochte Violetta und konnte ihre Ansichten verstehen. Violetta war so oft enttäuscht worden. Sie kannte sich mit gebrochenen Herzen aus. Daher hatte sie auch so viel Verständnis für Marie. Das tat gut. Natürlich wollte Marie auch mit ihren Freundinnen reden. Aber dafür hätte sie zu viel erklären müssen. Bislang wussten weder Kim noch Franzi von der SMS. Das Outfit hatte Marie aber tatsächlich passend zu ihrer düsteren Stimmung ausgesucht. Und der Lippenstift symbolisierte einen Hauch von Wut. Kein Wunder, dass Franzi nachgefragt hatte.

Kim kratzte den Rest Schokocreme aus der Schale. »Ich habe übrigens schon mit Kommissar Peters telefoniert.«
»Und? Konnte er etwas Interessantes sagen?«
»Er hat gesagt, dass wir uns nicht in die Angelegenheiten der Polizei einmischen sollen«, meinte Kim. Das sagte der Kommissar sehr oft. Er mochte die drei !!!, konnte sich jedoch nicht mit dem Gedanken anfreunden, dass die Mädchen Verbrecher jagten und sich dabei auch schon mal ernsthaft in Gefahr brachten. »Er meinte auch, dass wir diesen Fall mit gutem Gewissen abgeben könnten.«
»Wieso das denn?«, wollte Franzi wissen.
Kim lehnte sich zurück und betrachtete die Krümel auf ihrem Teller. »Abgesehen von dem Angriff auf Raphael sind in der Gegend keine weiteren Vorfälle gemeldet worden. Keine Einbrüche, keine Einbruchsversuche und keine verdächtigen Personen.«
»Herr Roland ist da aber anderer Ansicht«, meinte Franzi.
»Kommissar Peters wollte dazu natürlich nichts sagen«, berichtete Kim, »aber ich glaube, die Polizisten nehmen Herrn Roland nicht ganz ernst. Und Melissas Geschichte wohl auch nicht.«
»Das Gefühl hatte ich in der Nacht des Überfalls auch schon«, bestätigte Marie. »Die gehen bestimmt von einem belanglosen Streich unter Jugendlichen aus.«
Franzi sah ihre Freundin zweifelnd an. »Ein belangloser Streich? Das wäre ja die Untertreibung des Jahres! Immerhin liegt Raphael nach der Attacke im Krankenhaus!«

»Er *lag* im Krankenhaus«, korrigierte Marie. »Jetzt ist er wieder zu Hause. Und außerdem behaupte ich nicht, dass ich die Meinung der Polizisten teile. Aber für die sieht es vielleicht so aus, als wäre das einfach ein Unfall gewesen.«

»Das befürchte ich auch«, sagte Kim. »Es gibt nur den Zeugenbericht von Melissa und der ist sehr ungenau. Was wirklich passiert ist, weiß nur Raphael. Und der schläft die ganze Zeit. Die Kollegen von Kommissar Peters konnten ihn deshalb noch nicht befragen.«

»Genau deshalb werden *Die drei !!!* jetzt nicht locker lassen!« Franzi sah entschlossen aus.

»Dann fehlt nur noch eins!« Kim sah in die Runde.

»Was denn?«, fragte Marie.

Kim grinste. »Na, der Powerspruch! Ohne den geht gar nichts!«

»Stimmt, der ist längst fällig«, bekräftigte Franzi. »Neuer Fall, altes Ritual. Also los!«

Die drei Mädchen streckten ihre Arme aus und legten ihre Hände übereinander. Im Chor riefen sie: »Die drei !!!.« Dann kam Kim: »Eins!«, es folgte Franzi mit einer lauten »Zwei!« und Marie mit »Drei!«. Danach streckten alle zusammen die Arme hoch und brachten ein lautes »Power!!!« hervor. Ein paar Leute guckten sich um und lächelten. Franzi und Kim grinsten zurück. Nur Marie war abgelenkt. In ihrer Tasche hatte es gesummt. Eine SMS! Hoffentlich nicht von Holger, dachte sie. Möglichst unauffällig griff sie nach dem Handy. Marie seufzte erleichtert: Die Nachricht kam von Violetta.

Und? Schon was in Sachen Mistkerl unternommen? Lass dich von dem nicht fertigmachen! LG, Vio!

Marie presste die Lippen aufeinander. Während sie hier saß und *Kakao Spezial* trank, traf sich Holger wahrscheinlich gerade mit dieser Selma.

»Dann ist ja alles geklärt«, sagte Kim gerade.

»Was?« Marie stellte fest, dass sie die letzten Sätze ihrer Freundin überhört hatte.

»Wir treffen uns nachher alle am Rosenweg«, erklärte Kim geduldig. »Passt euch 16:00 Uhr?«

»Super.« Marie stand auf und zückte ihre Geldbörse. »Ich zahle dann schon mal. Ich ... muss noch etwas einkaufen. Bin dann nachher rechtzeitig da!« Sie wartete keine Antwort ab, sondern winkte schnell und steuerte dann direkt auf den Tresen zu. Ihre Freundinnen winkten ihr mit fragenden Blicken hinterher.

Ein paar Minuten später saß Marie bereits auf ihrem Fahrrad und trat kräftig in die Pedale. Marie wusste, wo sich Holger in seiner Freizeit gerne aufhielt. In den Ferien trainierte er oft stundenlang für Parkouring-Wettkämpfe. Dabei kam es darauf an, ein Ziel auf dem direkten Weg zu erreichen – egal, was dazwischenlag. Man musste zum Beispiel über Bänke, Zäune, Bäche, Schutt oder Beete springen und auch höhere Hindernisse überwinden. Holger trainierte manchmal im Park. Aber vor Kurzem hatte er ein altes Fabrikgelände für sich entdeckt. Dort gab es eingestürzte Mauern, Schrott und Brombeerranken. Es war gefährlich, sich dort herumzutreiben, aber die sportliche Herausforderung gefiel Holger. Anscheinend gefiel es ihm auch, mit Selma zu trainieren. Marie wurde zornig. Violetta hatte so recht! »Dieser Staubsaugerbeutel!«, schimpfte sie, als sie in eine kleine Seitenstraße abbog. Ein paar Kinder sahen sie belustigt an. »Selber Staubsaugerbeutel!«, riefen sie ihr hinterher. Marie kümmerte sich nicht darum. Sie fuhr so schnell, dass ihre Waden vom Treten brannten. Kurz vor dem Ziel stellte sie ihr Fahrrad jedoch an einer Straßenlaterne ab. Sie wollte auf keinen Fall entdeckt werden. Als Detektivin hatte Marie genug Erfahrung mit Beschattungen gesammelt. Sie schlich sich im Schutz einer langen Hecke in die Nähe des Bauzauns, der das Gelände umgab. »Bingo!«, fauchte sie. Dort war Holgers Fahrrad angekettet. Marie war nicht so sportlich wie Franzi, aber wenn es darum ging, etwas zu erreichen, konnte sie sehr zielstrebig sein. Außerdem gab die Wut ihr Kraft. Mit erstaunlicher Schnelligkeit kletterte sie auf einen Baum – trotz der hohen Stiefel. Sie blickte dabei nicht nach unten. Es war egal, wie weit sie klettern musste. Hauptsache, sie konnte Holger sehen, ohne selbst entdeckt zu werden. Im Schutz der Blätter robbte sie auf einem dicken Ast entlang. Mit den Beinen klammerte sie sich fest. Dass ihre Hose dabei grüne Flecken abbekam, störte sie ausnahmsweise nicht weiter. Angestrengt spähte sie zwischen den Zweigen hindurch. In ihrem Nacken prickelte es unangenehm. Keine hundert Meter weiter sprang gerade jemand über einen Haufen Steine, lief auf den Baum zu und bremste an einem Kreuz ab, das mit bunter

Kreide auf den Boden gemalt war. Holger! Marie atmete tief ein und aus. Er war allein. Klar, da war auch kein zweites Fahrrad gewesen. Vielleicht war Selma gar nicht an Holger interessiert. Sollte Marie doch Hoffnung schöpfen? Sie ärgerte sich selbst über diesen Gedanken. Und dann sah sie auch schon das Mädchen. Sie war klein und drahtig und in so ziemlich jeder Hinsicht das genaue Gegenteil von Marie. Die kurzen schwarzen Haare waren struppig und standen ihr wild vom Kopf ab. Sie trug enge schwarze Hosen, ein abgewetztes Kapuzenshirt und ausgetretene Turnschuhe. Als sie näher kam, konnte Marie das Piercing an ihrer Nase sehen. Das musste Selma sein. Sie und Holger klatschten sich ab.

»Alter, mach mich nicht fertig«, sagte Selma mit einer rauen Stimme.

»*Du* machst mich fertig!«, entgegnete Holger. Er strahlte Selma an, als wäre sie das tollste Geschöpf unter der Sonne. Maries Herz fühlte sich dabei schon wieder so kalt an. Gleich würde sie auf dem Baum zu einer Eisstatue gefrieren. Viel fehlte nicht mehr!

»Sicher!«, gab Selma spöttisch zurück.

»Echt!« Holger ging noch einen Schritt auf sie zu.

»Was soll ich mit dir?«, fragte Selma mit einer hochgezogenen Augenbraue. »Du bist einer von diesen Typen, die auf Wettbewerben rumposen und mit Muttis selbst gemachten Pausenbroten zum Training kommen.«

Jetzt wirkte Holger, als hätte man einen Eimer Eiswasser über ihm ausgeschüttet. Das geschah ihm recht, fand Marie.

»Meine Mutter schmiert mir keine Brote«, sagte er. »Und für dich würde ich auch auf die blöden Wettbewerbe verzichten. Mir bedeuten die Preise doch nichts. Es geht um den Sport – und um dich!«
Selma trat näher an ihn heran. Sie hob langsam eine Hand. Mit einem Finger strich sie zärtlich von Holgers Stirn über seine Nase bis hin zu seinen Lippen. Dann rief sie: »Ich bin schneller als du!« Sie machte rasant auf dem Absatz kehrt, sprang über eine Eisenstange und sprintete auf eine eingestürzte Mauer zu.
»Na warte!« Holger rannte lachend hinter ihr her.
Marie hatte genug gesehen. Sie wollte nur noch runter von dem Baum und weg von diesem Ort. Während sie kletterte, dachte sie die ganze Zeit: ›Du elender Staubsaugerbeutel! Du mieser, elender, dreckiger Staubsaugerbeutel!‹
Sie musste sofort mit Violetta sprechen!

Haus zu verkaufen

Marie kam zu spät zum Treffen mit ihren Freundinnen. Das kam öfter vor. Normalerweise beschwerte sich Franzi dann. Heute beließ sie es bei einem kurzen »Gut, dass du da bist!«. Franzi kommentierte auch nicht die Tatsache, dass sich Marie erneut umgezogen hatte und nun eine Kombi aus traurigem Schwarz und wütendem Rot trug.

Die Mädchen standen auf der Terrasse des Rosenhauses. Janette war unterwegs, doch Melissa kümmerte sich um die drei !!!. Sie holte gerade Getränke aus der Küche.

»Frau Roland will uns nicht ins Haus lassen«, berichtete Kim enttäuscht. »Wir sollen nachher wiederkommen, wenn ihr Mann von der Arbeit zurück ist.«

»Ich glaube, sie hat Angst, wir könnten sie überfallen und ausrauben«, meinte Franzi belustigt.

»Die Rolands sind generell sehr vorsichtig.« Melissa kam mit einem Tablett voller Gläser zu ihnen. »Legt euch besser nicht mit denen an. Die rufen am Ende noch die Polizei.«

»Wir werden versuchen, möglichst freundlich zu sein«, mein-

te Kim. »Und bis dahin können wir doch einfach einen Versuch bei Raphael wagen. Wenn er sich an die Nachtschleicherin erinnert, sind wir ein ganzes Stück weiter.«
Melissa sah betrübt aus. »Ich war heute schon drüben. Frau Bergendahl hat mich nicht mal in sein Zimmer gelassen. Er schläft fast die ganze Zeit.«
»Oje«, sagte Kim mitfühlend.
»Raphael ist auf dem Wege der Besserung, aber ich fühle mich trotzdem mies«, gab Melissa zu. »Und bei mir in der Familie hat dafür niemand Verständnis. Als ich Janette von meinem Besuch erzählt habe, hat sie Raphael nur scherzhaft ›Dornröschen‹ genannt. Sie meinte, er solle bloß nicht hundert Jahre schlafen. Aber vielleicht könnte ich ihn wach küssen.« Sie schnaubte. »Auf solche Kommentare kann ich wirklich verzichten!«
»Das stimmt!«, pflichtete ihr Kim bei.
Franzi errötete leicht. Schließlich hatte sie den Scherz mit dem Dornröschen-Kuss auch schon gebracht. Sie lenkte schnell ab: »Wir wollten heute noch einmal den ganzen Rosengarten abgehen. Die Spurensicherung scheint nicht mehr zu kommen.«
»Wozu auch.« Melissa stellte ihr Glas auf dem Gartentisch ab. »Ich habe unter jedes einzelne Blatt geguckt. Da war nichts. Man kann auch schlecht die Grashalme nach Fingerabdrücken absuchen. Falls es Fußspuren gab, sind die vom Regen vernichtet worden.«
»Wir gucken uns trotzdem um«, meinte Kim. »Und dann nehmen wir uns die Nachbarn vor.«

Die vier Mädchen gingen in den hinteren Teil des Gartens, dorthin, wo die Rosenbüsche blühten. Der starke Regen hatte einen sichtbaren Schaden angerichtet. Überall lagen nun rosafarbene, weiße und zartgelbe Blätter auf dem Boden. Marie ging unter den Kirschbäumen entlang zu den weißen Rosenbüschen. Hier hatte Raphael im Gras gelegen. Die Rosen bildeten eine Hecke, die das Grundstück der Familie Fries von dem der Bergendahls trennte. Auch hier lagen Blütenblätter im Gras. Ansonsten war die Hecke unversehrt. Marie konnte keine Löcher entdecken. Wie war die Nachtschleicherin bei ihrer Flucht aus dem Rosengarten durch diese Hecke gekommen? Sie war zu hoch, um darüber hinwegzuspringen. Und viel zu dornig, um sich hindurchzuzwängen. Die Büsche standen dicht an dicht. Bei dem Versuch, sie zu durchqueren, wären garantiert Äste und Blüten abgebrochen. Marie sah sich weiter um. Es gab eigentlich nur einen einzigen Weg vom Rosengarten zu den Nachbarn. Der führte über das Dach eines kleinen Schuppens. Der Schuppen stand im Garten der Bergendahls – direkt auf der Grundstücksgrenze zu Familie Fries. Die Rückwand war mit Efeu berankt. Statt Rosen gab es hier einen alten Holzstapel mit Kaminholz. Das war perfekt für jemanden, der schnell auf das Dach klettern wollte. Marie betrachtete den Stapel. War es möglich festzustellen, ob kürzlich jemand auf die Holzscheite gestiegen war? Ihr Blick wanderte über die Rückwand des Schuppens. An einigen Stellen hatte sich der Efeu vom Putz gelöst. So, als hätte jemand daran gezogen.

»Konntest du sehen, ob die Person über den Schuppen geklettert ist?«, fragte Marie Melissa, die in Hörweite stand. Melissa hob gerade den Apfel auf, der im Gras gelegen hatte. Sie wog ihn gedankenverloren in einer Hand. Dann schüttelte sie den Kopf. »Ehrlich gesagt, habe ich nach dem Angriff nur noch auf Raphael geachtet. Tut mir leid. Ich wünschte, ich könnte einen besseren Zeugenbericht abgeben.«

»Kein Problem.« Marie wandte sich wieder der Wand zu. »Ich denke, wir wissen jetzt auch so, wie die Person aus dem Garten geflüchtet ist.«

»Das hilft uns nicht wirklich weiter, oder?«, fragte Melissa.

»Alles kann von Bedeutung sein«, meinte Marie. Diesen Satz hatte sie von Kim. Die wiederum hatte ihn vermutlich von einem ihrer großen Detektiv-Vorbilder: Miss Marple, Sherlock Holmes oder Justus Jonas.

Melissa schlang ihre Arme um den Oberkörper. Sie trug nur ein dünnes Sweatshirt. »Ich glaube, ich brauche eine wärmere Jacke. Wenn ihr mögt, können wir gleich drinnen noch einen heißen Kakao trinken.«

Marie schüttelte den Kopf. »Danke, aber wir müssen endlich etwas vorankommen.«

Während Melissa im Haus verschwand, ging Marie langsam um den Holzstapel herum. Es konnte doch sein, dass es hier verdächtige Spuren gab. Sie erinnerte sich an einen Krimi, den sie erst letzte Woche im Fernsehen gesehen hatte. Da war es ganz einfach gewesen. Die Spurensicherung hatte direkt am Tatort den Personalausweis des Täters gefunden. Mit so viel

Glück rechnete Marie nicht. Aber es war gut möglich, dass die Nachtschleicherin etwas verloren hatte. Zum Beispiel ein Bonbonpapier oder einen Schlüsselanhänger. Marie bückte sich und spähte unter die Rosen, die neben dem Schuppen wuchsen. Da lag tatsächlich etwas! Es war klein und bunt. Marie zog einen der durchsichtigen Plastikbeutel aus der Tasche, den sie für Beweismittel benutzte. Damit konnte sie den Gegenstand hochheben, ohne selbst Fingerabdrücke darauf zu hinterlassen. Vorsichtig zog Marie den Beutel über die Hand und griff zwischen den dornigen Zweigen hindurch ins Beet. Als sie den Gegenstand betrachtete, war sie etwas enttäuscht. Es handelte sich um eine Scherbe – weißes Porzellan mit buntem Blumenaufdruck und feuchten Erdspritzern. Die Scherbe sah aus, als stammte sie von einem Teller. Marie nahm nicht an, dass Raphaels Angreiferin nachts mit einem Picknickkorb durch die Gärten geschlichen war. Es war anzunehmen, dass die Scherbe schon viel länger im Beet lag. Marie steckte den Beutel samt Scherbe in ihre Tasche und suchte weiter. Sie fand jedoch nichts. Sie wollte gerade zu Franzi und Kim gehen, als es in ihrer Tasche wieder summte. Eine neue Nachricht von Violetta:

Hab deine SMS eben erst gelesen. Du Arme!!!! So ein Idiot! Check mal seinen Beziehungsstatus in den Online-Communitys. Ich wette, der Typ schreibt, dass er wieder in einer Beziehung ist. Oh Mann!!!!!! LG, Vio

Marie strich sich die langen blonden Haare zurück. Seit der Beziehungspause hatte sie Holgers Seiten im Internet nicht mehr besucht. Dabei war er bei einem Schülernetzwerk, einer Parkour-Seite und mehreren Kurznachrichten-Gruppen angemeldet. Früher hatte er dort immer *In einer Beziehung* angegeben. Ob es auch die Angabe *In einer Beziehungspause* gab? Oder *Zwischen zwei Beziehungen*? Sie würde das gleich heute Abend überprüfen.

»Wir müssen mit der Nachbarin sprechen«, riss Kim Marie aus ihren Gedanken. Gemeinsam mit Franzi war sie unbemerkt zu Marie getreten. Die zuckte zusammen.

»Alles okay?«

»Ja«, antwortete Marie schnell. »Hab nur meine Nachrichten gecheckt. Habt ihr etwas gefunden?«

»Nein«, sagte Franzi missmutig. »Wir sind keinen Schritt weiter. Darum wollen wir jetzt auch mit der Nachbarin reden.«

Frau Weichert war eine nette alte Dame mit grauen Haaren. Mit ihrer riesigen Brille und der schmalen, leicht gebogenen Nase sah sie aus wie eine freundliche Eule.

»Es tut mir leid«, sagte Frau Weichert, nachdem Melissa ihr die drei !!! vorgestellt hatte. »Ich habe die letzten Nächte tief und fest geschlafen.«

»Konnten Sie denn in Ihrem Garten etwas Ungewöhnliches entdecken?«, wollte Kim wissen.

»Ungewöhnlich?« Frau Weichert schob die Brille wieder hoch, die ihr tiefer auf die Nase gerutscht war. »Nein. Bei mir ist wirklich alles wie immer.«

»Wir gehen davon aus, dass die unbekannte Person über Ihr Grundstück in den Rosengarten der Familie Fries gelangt ist«, erklärte Kim. »Zu Ihnen ist sie entweder über die Schafweide, den Garten Ihrer linken Nachbarn oder vom Rosenweg her gekommen.«

Frau Weichert sah überrascht aus. »Das klingt ja wie in einem Krimi! Erstaunlich, dass ihr schon echte Detektivinnen seid. Ihr geht doch bestimmt noch zur Schule!«

»Wir wollen herausfinden, wer Raphael angegriffen hat!«, meinte Melissa, bevor Kim etwas erklären konnte.

»Das kann ich nur zu gut verstehen, mein Kind«, beteuerte Frau Weichert. »Herr Fuchshuber hat mir heute erzählt, dass Raphaels Mutti ganz krank vor Sorge war! Man rechnet ja nicht damit, dass man hier in so einer friedlichen Gegend überfallen wird! In Großstädten ist das sicherlich normal, aber hier in der grünen Vorstadt darf so etwas doch nicht passieren!« Sie schob erneut die Brille zurück. »Furchtbar! Ich will euch so gern helfen. Aber ich weiß nicht, wie.«

»Dürfen wir uns vielleicht in Ihrem Garten umsehen?«, fragte Kim.

»Jederzeit gern!«, beteuerte Frau Weichert. Dann stutzte sie jedoch und sah auf ihre zierliche Armbanduhr. »Du meine Güte. Gleich kommt der Makler vorbei. Wir haben einen Termin!«

»Stimmt«, sagte Melissa. »Sie wollen Ihr Haus verkaufen, nicht wahr?«

Frau Weichert seufzte und sah mit einem Mal sehr traurig aus. »Für mich allein war es schon seit Langem zu groß. Außerdem wächst mir der Garten im wahrsten Sinne des Wortes über den Kopf.«

»Wie schade.« Melissa sah ihre Nachbarin mitfühlend an.

»Ich habe vor, in eine hübsche Wohnung in der Nähe zu ziehen«, sagte Frau Weichert. »Jetzt muss ich nur zusehen, dass ich eine nette Familie finde, die sich über mein Häuschen, den Garten und die Weide freut. Leider gibt es kaum Interessenten, obwohl ich schon mit dem Preis runtergegangen bin.« Erneut schob sie die Brille hoch.

Ein tiefes Brummen ließ alle herumfahren. Auf der Auffahrt parkte gerade ein schwarzer Sportwagen. Es war ein schnittiges Modell mit breiten Reifen. Dahinter hielt ein schokoladenbrauner Van – ein großes Modell, wie es gern von Familien benutzt wurde.

»Das ist der Herr Jung, der Makler!«, rief Frau Weichert. »Und das muss die Dame sein, die das Haus anschauen möchte.« Sie strich ihre Strickjacke glatt und schob dann noch ein weiteres Mal die Brille hoch.

»Wir gehen dann besser!«, meinte Kim.

Frau Weichert drehte sich zu ihr um. »Kommt einfach wieder, wenn ihr noch Fragen habt oder den Garten untersuchen wollt.«

Die drei !!! und Melissa verabschiedeten sich von der Nachbarin und gingen über die Auffahrt von Frau Weichert zur Straße. Dabei kamen sie an den beiden Autos vorbei. Auf dem Sportwagen klebte die Aufschrift *Maklerbüro Schöneich & Jung*. Ein Mann mit rosafarbenem Hemd, zurückgegeltem

Haar und brandneuen Segelschuhen warf gerade die Tür zu. Er nickte den Mädchen kurz zu, während er sich eine Ledermappe unter den Arm klemmte. Dann drehte er sich schwungvoll zu der Frau um, die hinter ihm aus dem Van stieg. Sie war schlank und auffallend groß. Ihre Haare waren zu einem einfachen Pferdeschwanz zusammengenommen – passend zu der robusten Wachsjacke und den Gummistiefeln, die sie trug. Vermutlich rechnete sie schon damit, durch einen matschigen Garten stapfen zu müssen. Sie beachtete die Mädchen gar nicht, sondern steuerte mit ausgestreckter Hand auf Frau Weichert zu. »Hallihallo! Toll, dass es so schnell mit dem Termin geklappt hat! Ich habe immer so viel um die Ohren. Als Mutter ist man dauernd unterwegs.«

»Äh, ja«, erwiderte die alte Dame. Sie wirkte plötzlich etwas eingeschüchtert.

»Ich bin Veronika Hartholtz!«, stellte sich die Frau vor. »Mein Mann kann leider nicht dabei sein. Er ist um diese Zeit im Büro. Und die Kinder sind beim Sport. Ich muss sie nachher wieder abholen. Es ist ja wunderschön hier draußen! So viel Natur!«

»Ganz herrlich, nicht wahr?«, fand auch der Makler.

Die Besucherin sah sich entzückt um. »Und dann der Name der Straße! Rosenweg! Richtig romantisch!«

»Habt ihr die gesehen?«, zischte Melissa, als sie an der Straße angekommen waren.

Franzi nickte. »Ziemlich schlank und groß. So, wie du Raphaels Angreiferin beschrieben hast.«

Melissa starrte der Frau hinterher. »Diese Art, wie sie sich bewegt … Also, ich glaube …« Sie zögerte, doch dann nickte sie. »Das muss sie sein!«

»Du meinst, diese Frau ist die Nachtschleicherin?«

»Ich bin mir ziemlich sicher!«

Kim reckte sich, um besser sehen zu können. »Wir müssen das Gespräch belauschen!«

»Okay! Wenn wir Glück haben, führt Frau Weichert die beiden zuerst durch den Garten!« Melissa hatte sich bereits in Bewegung gesetzt. Die drei !!! eilten hinterher. Dieses Mal ging es nicht in den Rosengarten, sondern zu dem Seitenstreifen, der neben dem Grundstück von Frau Weichert lag. Statt Kirschbäumen gab es hier knorrige Apfelbäume. Sie trugen bereits Früchte, die allerdings noch nicht reif waren. In den Beeten wuchsen bunte Sommerblumen, die der Regen umgeknickt hatte. Melissa steuerte ein kleines Häuschen an, das auf Stelzen stand. Die Farbe war an vielen Stellen abgeblättert und es wirkte etwas morsch, aber Melissa kletterte geschickt die Leiter hoch. »Kommt.«

»Da passen wir doch gar nicht alle rein!«, zischte Kim.

»Doch! Na, komm schon!« Franzi kletterte Melissa hinterher. Danach folgte Marie. Es wurde ziemlich eng in der winzigen Hütte, aber der Platz reichte haargenau für die vier Mädchen. Der Boden unter ihren Füßen knarrte, als sie sich setzten.

»Hoffentlich brechen wir nicht durch!«, meinte Marie. Sie hatte einen Platz am offenen Fenster ergattert und konnte direkt in den Garten von Frau Weichert sehen. Zum zweiten

Mal an diesem Tag belauschte sie Leute von oben. Bevor die Erinnerung an Holger beim Parkouring zu bedrückend werden konnte, spähte sie angestrengt nach draußen. Dort ging Frau Weichert mit ihrem Besuch zu einem Beet. Man konnte die alte Dame gerade so eben verstehen.

»Gut, dass es nicht regnet«, meinte Frau Weichert. »So können Sie in Ruhe meinen Garten anschauen.«

»Was für entzückende Sonnenblumen!«, rief die hochgewachsene Frau. »Und dann der Blick auf die Weide! Da sind ja richtig echte Schäfchen! Goldig!«

»Großartig, nicht wahr?«, sagte der Makler zufrieden.

»Herrlich!«, betonte die Frau. »Meine Kinder werden es lieben! Und dann dieser idyllische Schafstall! Die Kinder könnten mit ihren Freunden im Heu übernachten. Wenn es die Schäfchen nicht stört.«

Frau Weichert sah glücklich aus. »Ich denke, das ist in Ordnung. Ich habe die Weide an eine Schäferin verpachtet. Von dem Stall nutzt sie allerdings nur den Heuboden. Im Sommer sind die Schafe tags und nachts draußen und im Winter werden sie in einen größeren Stall in der Nähe gebracht.«

»Dann steht Übernachtungen im Heu ja nichts im Wege!«

»Sie könnten die zwei Räume im Erdgeschoss ganzjährig für sich benutzen.« Herr Jung lächelte. »Das ist doch praktisch, nicht wahr? Der Cousin von Frau Weichert hatte dort eine Werkstatt und ein kleines Lager. Das wird selbstverständlich bis zum Umzugstermin geräumt. Sie können die Ausstattung bei Bedarf aber auch übernehmen.«

Frau Weichert nickte. »In meiner kleinen Wohnung werde ich keine Werkbank benötigen. Und was soll ich alte Frau auch mit Sägen, Schraubenziehern und einer Bohrmaschine?«
Die hochgewachsene Frau strahlte wie ein Honigkuchenpferd. »Mein Sohn wird es lieben!«
»Wie alt sind Ihre Kinder denn?«, fragte Frau Weichert und schob ihre Brille hoch.
»Äh«, machte die Frau. »Also, der Große ist zehn und mein Mädchen ist jetzt acht.«
»Reizend! Kinder sind schon etwas Tolles!«, sagte Herr Jung. Es klang aber nicht danach, als würde er das wirklich so meinen. Frau Weichert sah gedankenverloren auf die grasenden Schafe und den alten Stall aus roten Backsteinen. »Es ist mir wichtig, dass hier alles so bleibt! Ich bin hier aufgewachsen. Das alles gehörte früher zum Hof meiner Familie. Wir haben hier zusammengelebt. Meine Eltern, Tanten, Onkel, Großeltern und Geschwister. Und auch meine Cousinen und Cousins. Wir hatten Gänse und Kühe und später Schafe.«
»Wunderschön!«, bekräftigte die Frau. »So eine richtige Bauernfamilie!«
»Das muss großartig gewesen sein!«, meinte auch Herr Jung fröhlich.
Die Mädchen wechselten einen Blick. Die Begeisterung des Maklers war eindeutig gespielt. Auch die Interessentin wirkte eine Spur zu begeistert. Frau Weichert schien das nicht zu bemerken. »Mein Bruder hat damals seinen Anteil verkauft. Und meine Schwester ist dann auch weggezogen. Schließlich

blieben nur noch mein Cousin, mein Mann und ich hier. Mein Wunsch war, dass wenigstens eine Weide erhalten bleibt.«

»Das war eine gute Entscheidung!« Herr Jung klopfte Frau Weichert leicht auf die Schulter. Dabei rutschte ihre Brille wieder ein Stück die Nase hinunter.

»Wir wollen unbedingt auch die Weide übernehmen und weiter an die Schäferin verpachten«, erklärte die Frau.

»Das ist schön!«, sagte Frau Weichert aus vollem Herzen. »Es ist sowieso landwirtschaftliches Gebiet.«

»Ach, toll!«

»Tja, ich kenne mich da nicht so aus, aber ich weiß, dass mein Cousin Heinz damals alles mit dem Amt geregelt hat. Da darf kein Supermarkt hin und keine Tankstelle. Nur eine Weide, ein Acker oder vielleicht eine Scheune.«

»Die pure Naturidylle! Bei uns bleibt selbstverständlich alles so, wie es ist!«, beteuerte die Frau. »Schon allein wegen der Kinder!«

»Grandios!«, rief Herr Jung. »Wollen Sie jetzt das Haus sehen, Frau Hartholtz?«

»Aber gerne!«, flötete die Frau. In ihren Gummistiefeln stapfte sie hinter dem Makler her. »Ich bin schon sehr gespannt!«

»Was haltet ihr davon?«, fragte Melissa, als die drei Erwachsenen im Nachbarhaus verschwunden waren.

»Da könnte etwas im Busch sein«, meinte Kim. »Diese Begeisterung klang für mich etwas übertrieben.«

»Ja, irgendwie wie ein schlecht einstudiertes Schauspiel«, fand auch Marie.

Kim nickte. »Während die sich das Haus angucken, sollten wir einen genaueren Blick auf die Autos werfen. Oft lassen sich über die Wagen Rückschlüsse auf die Fahrer ziehen.« Schon kletterten die Mädchen aus dem Spielhäuschen und pirschten sich zurück zur Auffahrt von Frau Weichert. Kim notierte sich als Erstes den Namen des Maklerbüros, der auf dem Sportwagen aufgedruckt war. Im Inneren lagen eine teure Sonnenbrille, ein Päckchen Zigaretten und eine Wildlederjacke. Ansonsten war das Auto leer und blitzblank geputzt.
Der braune Van war vollgestopft mit Sachen. An einer Seite klebte ein bunter Sonnenschutz mit Bärchenaufdruck. Ein Kindersitz war auf der Rückbank befestigt. Daneben lagen eine einzelne pinkfarbene Socke, eine Trinkflasche, ein leerer Einkaufskorb und eine Packung Feuchttücher. Überall waren Krümel und am Boden lag ein zerknülltes Butterbrotpapier.
»Typische Familienkutsche!« Franzi lachte, während Kim eilig ein paar Fotos machte. Marie spähte noch immer ins Innere des Autos. Sie wollte gerade eine Bemerkung fallen lassen, als oben im Haus ein Fenster geöffnet wurde. Der Makler blickte zu ihnen herab – und er sah wütend aus!

Pablo ermittelt

Erschrocken fuhren die Mädchen zusammen.
»Mist, Mist!«, flüsterte Franzi.
»Was macht ihr da?«, rief Makler Jung ihnen zu. Hinter ihm erschien nun auch Frau Hartholtz im offenen Fenster.
»Was ist denn hier los?«
»Die Kinder sind bei den Autos herumgeschlichen!«, verkündete Herr Jung empört.
Marie trat einen Schritt vor. Sie blickte zerknirscht zu den beiden Erwachsenen hinauf. »Bitte entschuldigen Sie. Wir haben vorhin dieses Auto gesehen und wollten es uns noch einmal in Ruhe ansehen.«
»Wozu?« Die Stimme des Maklers klang schneidend. Aber davon ließ sich Marie nicht aus dem Konzept bringen. Sie sah ihn mit einer gekonnten Unschuldsmiene an. Marie war eine gute Schauspielerin. »Mein Papi will sich genau so einen Wagen kaufen! Ich habe noch einen Bruder und eine Schwester und unser Kombi ist einfach zu klein. Wenn wir in den Urlaub fahren, wird es total eng!«

»Was geht mich das an?«, fragte der Makler ungehalten.

»Na, ich wollte meinen Freundinnen einfach zeigen, was wir bald für ein Auto fahren. Es ist genau so ein Modell! Nur in einer anderen Farbe. Wir durften beim Aussuchen helfen.«

Der Mann winkte gestresst ab. »Schon gut. Sülz mich nicht voll. Ich muss arbeiten! Aber lasst den Wagen von Frau Hartholtz in Ruhe! Und meinen Sportwagen auch! Geht lieber in eurem eigenen Garten spielen.«

»Ja, das machen wir!«, versprach Marie kleinlaut.

Die Mädchen liefen im Gänsemarsch zur Straße. Das Fenster wurde wieder geschlossen.

»Ich hoffe, er hat das geschluckt«, murmelte Marie.

»Bestimmt«, sagte Melissa. »Du warst echt überzeugend! Janette hat mir erzählt, dass du eine tolle Schauspielerin bist, aber das war richtig echt. Dieser Typ muss dir glauben.«

»Na hoffentlich«, gab Marie zurück.

Ein Kläffen erklang, als ein älterer Mann mit drei kleinen Hunden in die Straße einbog.

»Lasst uns lieber reingehen«, meinte Melissa angestrengt. »Das ist Fußhupen-Kurt.«

»Wer?«, fragte Franzi belustigt.

»Eigentlich heißt er Kurt Fuchshuber, aber alle hier nennen ihn nur Fußhupen-Kurt. Wegen der Hunde. Er ist schrecklich neugierig. Der fragt mich bestimmt aus, ob Frau Weichert schon einen Käufer für ihr Haus gefunden hat. Und dann will er bestimmt auch wissen, wie es Raphael geht und ob die Polizei schon etwas herausgefunden hat.«

»Ein neugieriger Mann«, murmelte Kim. Sie sah hinüber zu Fußhupen-Kurt. Der bückte sich gerade mit einem schwarzen Tütchen in der Hand und sammelte ein Häufchen auf.
»Sag ich doch«, meinte Melissa. »Kommt ihr?«
»Ja«, meinte Kim widerwillig.
Marie wusste genau, was ihre Freundin dachte. Ein neugieriger Nachbar, der seine Augen und Ohren stets offen hielt, konnte eine gute Informationsquelle sein. Vorerst folgten sie jedoch Melissa ins Rosenhaus und ließen sich einen heißen Kakao kochen. Jetzt erst konnte Marie berichten, was sie bei der Untersuchung der Autos entdeckt hatte. »Frau Hartholtz hat gelogen.«
»Echt?«
»Wie kommst du darauf?« Melissa stellte einen Topf auf den Herd und goss Milch hinein.
»Sie hat doch behauptet, dass ihre Kinder acht und zehn Jahre alt wären.«
»Ja, das stimmt«, pflichtete Kim bei.
»In ihrem Auto war aber ein Kindersitz«, fuhr Marie fort. »Es ist ein rückwärtsgerichtetes Modell. Genau so eins hatte mein kleiner Bruder auch!«
»Na und? Vielleicht braucht das Mädchen den noch«, meinte Franzi.
»Einen Rückwärts-Sitz? Mit acht Jahren?« Marie sah ihre Freundin zweifelnd an.
»Wenn sie eher klein ist?«
»Dann müsste sie ein Zwerg sein!« Marie winkte ab. »Wir haben uns wirklich gut mit dem Thema beschäftigt.«

»Mit Zwergen?« Jetzt stand Franzi auf dem Schlauch.
»Nein, mit Kindersitzen«, sagte Marie belustigt. »Die Sicherheit von Finn ist uns eben wichtig! Ich war mit im Laden. Der Verkäufer hat ziemlich ausführlich erklärt, wie so ein Sitz funktioniert und für welche Größe und welches Gewicht er geeignet ist. Wenn ich mich richtig erinnere, kann man das Modell für Kinder bis 15 Monate verwenden.« Franzi rechnete kurz nach. »Das ist ja kaum mehr als ein Jahr.«
»Richtig«, meinte Marie. »Ich bin mir sicher, dass selbst ein dünnes und noch dazu kleines Grundschulkind nicht so winzig sein kann.«
»Ausnahmen bestätigen die Regel«, sagte Kim nachdenklich. »Trotzdem ist es unwahrscheinlich. Da hast du recht!«
»Die kleine Socke auf dem Rücksitz war auch höchstens Größe 21«, berichtete Marie. »Alles sah so aus, als würde in dem Wagen ausschließlich ein Kleinkind fahren – und zwar ein Mädchen. Sachen für ältere Kinder oder Jungs gab es nicht.« Kim setzte sich an den Küchentisch. »Das klingt wirklich so, als hätte sie gelogen. Und sie hat auffällig gezögert, als sie das Alter ihrer Kinder sagen sollte.«
»Fragt sich, warum sie lügen sollte«, warf Franzi ein. »Es ist Frau Weichert doch bestimmt egal, wie alt die Kinder sind.«
»Frau Hartholtz wollte sicherlich den Eindruck hinterlassen, dass sie die richtige Käuferin für das Haus und die Weide ist«, überlegte Kim laut. »Es ist durchaus möglich, dass sie die Kinder zu diesem Zweck einfach erfunden hat.«
»Und wem gehört dann der Wagen?«, fragte Franzi.

»Das müssen wir überprüfen.« Kim nahm ihren Fotoapparat zur Hand. »Wir haben das Nummernschild. Außerdem habe ich ein Bild von den Aufklebern auf der Heckklappe gemacht. Da war auch einer von einem Verein dabei. Ich werde das gleich heute Abend noch überprüfen.«

»Klasse.« Marie sah auf ihre Uhr. »Oje. Jetzt hätte ich fast meine Aerobicstunde vergessen!«

»Wir haben doch Ferien!«, sagte Melissa. »Du bist ja fast so schlimm wie meine Schwester! Die kann auch nur an ihr Training denken. Sie singt und tanzt in jeder freien Minute.«

Marie grinste. »Das kann ich mir vorstellen. Ganz so arg ist es bei mir nicht. Aber ich muss jetzt trotzdem los.«

Melissa nickte. »Und dein Kakao?«

»Den nehme ich!« Kim grinste. »Ich glaube, ich kann heute zwei davon vertragen.«

Detektivtagebuch von Kim Jülich
Dienstag, 20:00 Uhr

Heute haben wir wieder am Rosenweg ermittelt. Außerdem waren Franzi und ich gleich zweimal bei der Familie Roland am Weidenstieg. Ihr Grundstück grenzt an der Rückseite an das von Familie Fries. Sie haben mehrere Kameras im Garten. Rolands sind extrem misstrauisch, aber schließlich hat Herr Roland uns doch die Aufzeichnungen gezeigt. Das hat leider nichts gebracht. Man kann das Grundstück der Familie Fries kaum sehen. Dafür haben wir möglicherweise eine andere Spur. Wir konnten mit Augustine Weichert sprechen. Sie wohnt neben Janette und Melissa und will ihr Haus verkaufen. Ihr gehört auch die Schafweide. Frau Weichert hatte Besuch von einem Makler und einer Frau, die angeblich das Haus kaufen will. Sie heißt Veronika Hartholtz und hat sich sehr verdächtig verhalten. Außerdem könnte sie von der Größe und dem Gang her die Nachtschleicherin sein! Während Marie beim Sport war und Franzi sich vermutlich mal wieder mit Blake getroffen hat, habe ich im Internet recherchiert. Auf dem Auto der Frau gab es mehrere Aufkleber. Einer davon war ein Sticker von einem Chor, der hier in der Stadt probt. Auf der Homepage des Chors bin ich sofort fündig geworden. Tatsächlich singt eine Veronika Hartholtz bei ihnen mit und ist dort auch auf einem Gruppenfoto abgebildet. Aber sie sieht ganz anders aus! Sie ist rundlich und hat einen auffälligen Leberfleck im Gesicht. Ich muss also davon ausgehen, dass unsere Verdächtige den Wagen von Veronika Hartholtz entweder ausgeliehen oder vielleicht sogar gestohlen hat. Zur Sicherheit habe ich auch den Makler genauer unter die Lupe genommen. Er besitzt eine Hälfte des Maklerbüros »Schöneich & Jung«. Der Internetauftritt von denen wirkt ziemlich protzig. Normalerweise verkauft Herr Jung wohl auch nicht solche kleinen Häuser wie das von Frau Weichert. Er ist auf Geschäftsimmobilien spezialisiert. Das sind Supermärkte, Firmengebäude und solche Sachen. Natürlich habe ich mir auch die »Über uns«-Seite genau angesehen. Was für eine Überraschung!!! Neben dem Foto von Herrn Jung prangte … tadaaaaaaa: das Bild unserer Hauptverdächtigen! Die falsche Frau Hartholtz heißt nämlich in Wirklichkeit Leandra Schöneich und ist Maklerin. Allerdings hätte ich sie fast nicht wiedererkannt. Sie trug eine teure Brille, hatte die Haare hochgesteckt und sah sehr elegant aus. Wie ich mit wenigen Klicks herausfinden konnte, gehört ihr die andere Hälfte des Maklerbüros. Sie ist geschieden, hat keine Kinder und wohnt in einer ziemlich schicken Wohnung im Zentrum der Stadt. Seltsam. Was will Frau Schöneich am Rosenweg? Warum belügt sie Frau Weichert? Und weshalb läuft sie nachts durch die Gärten und haut Jungen um? Fragen über Fragen! Bevor wir diesen dubiosen Maklern auf den Zahn fühlen, müssen wir unbedingt noch mehr über den Rosenweg herausfinden. Irgendetwas stimmt da nicht!

Geheimes Tagebuch von Kim Jülich
Dienstag, 20:35 Uhr

Lesen verboten! Besonders für kleine Brüder! Sonst knacke ich euren Account bei eurer Schülergruppe und poste peinliche Fotos aus eurer Kindergartenzeit! Ich meine es ernst! Pfoten weg von meinem Computer oder die Bilder vom Kinderfasching gehen online! (Zum Beispiel das Jahr, in dem Mama euch als Hasen verkleidet hat. Wie süüüüüüüüüß!!!! Das sind doch die perfekten Profilbilder für euch!)

Der Haussegen hängt mal wieder schief. Papas Kuckucksuhren verkaufen sich inzwischen zwar viel besser, aber die Entwürfe für seine Flyer haben Mama nicht gefallen (und mir auch nicht). Sie sollen witzig sein, aber das sind sie leider nicht. Ben und Lukas meinten, die Werbung würde bei ihnen voll die Fremdscham auslösen und es wäre ihnen zu peinlich, die Zettel zu verteilen. Danach war die Stimmung im Eimer. Es wurde auch nicht besser, als die Jungs Pablo gefüttert haben. Weil die Hundenäpfe dreckig waren, haben meine Brüder das Futter einfach in eine Schale aus unserem Geschirrschrank geklatscht. Pablo hat das Ding beim Fressen durch die halbe Küche geschoben. Meine Mutter ist ausgerastet! Die Schale gehört zu einem Service, das sie von ihrer Großmutter geerbt hat. Mir klingen jetzt noch die Ohren von ihrer Strafpredigt.

Und sonst? Franzi und ich haben noch kurz über Marie gesprochen. Franzi glaubt auch, dass Marie uns etwas verschweigt. Hat es mit Holger zu tun? Wir müssen dringend mit ihr reden!

Detektivtagebuch von Kim Jülich
Dienstag, 20:52 Uhr

NACHTRAG ZUM DETEKTIVTAGEBUCH:

Mist! Ich habe doch glatt vergessen, mit meinen Brüdern über Pablo zu sprechen.

Morgen will ich ihn mit zum Rosenweg nehmen. Zur Mission »Fußhupen-Kurt«. Melissa meinte, dass dieser Kurt Fuchshuber jeden Tag um neun Uhr seine erste Hunderunde durch das Viertel macht. Angeblich ist er sehr neugierig. Könnte doch sein, dass er etwas weiß. Jedenfalls ist es sinnvoll, wenn ich dafür ebenfalls mit einem Hund unterwegs bin. Hundebesitzer fangen nämlich ständig Gespräche mit Leuten an, die auch einen Hund haben. Da hat man dann gleich einen Gesprächseinstieg.

Am nächsten Tag brach die dicke Wolkendecke auf. Eine blasse Sonne streckte vorsichtig ihre Strahlen aus. Auf den Blättern glitzerten die Tautropfen. Die Wiesen hinter dem Rosenweg dampften. Der Duft von Heckenrosen erfüllte die Luft. Pablo hatte jedoch keinen Sinn für die Schönheit des Morgens. Er schob schnaufend seine Nase über den Boden. Der Mischlingshund wedelte mit dem Schwanz, dann hob er sein Bein und markierte die Stelle.

Franzi kicherte. »Na, Pablo. Hast du einen Eintrag für alle anderen Hunde hinterlassen?«

»Er hat bestimmt einen ganz wichtigen Kommentar gemacht oder etwas gelikt.« Lachend zog Kim an der Leine. »Nun komm schon!«

Marie zog den Reißverschluss ihrer Jacke höher. Im Schatten war es noch ziemlich kühl. »Diese Frau Hartholtz heißt also eigentlich Schöneich und besitzt ein Maklerbüro«, fasste sie zusammen, was Kim vor ein paar Minuten erst berichtet hatte. »Warum knöpfen wir uns die falsche Schlange dann nicht gleich heute Morgen vor?«

»Wir wissen noch zu wenig«, erwiderte Kim.

»Sie hat gelogen! Das reicht doch!«, fand Marie.
Kim zog Pablo von einem Grasbüschel weg, das er hingebungsvoll abschnüffelte. »Wir müssen zuerst mehr über ihre Motive erfahren.«
»Achtung!«, zischte Franzi. »Mission Fußhupen-Kurt beginnt!« Marie und Kim fuhren herum. Tatsächlich kam Kurt Fuchshuber direkt auf sie zu. Die kleinen Hunde wuselten dabei um ihn herum. Es war ein lustiger Anblick. Die Tierchen mit den winzigen Schnauzen und den niedlichen Knopfaugen hatten nämlich riesige Ohren, von denen lange Strähnen aus seidigem Fell herabhingen. Eines von ihnen hob den Kopf, dann kläffte es. Nun entdeckte auch Pablo die Neuankömmlinge. Er bellte freudig. Die Hündchen warfen sich gegen die Leinen. Das lange Fell an ihren Ohren wippte auf und ab.
»Athos, zieh nicht so!«, rief Herr Fuchshuber. »Porthos! Aramis! Langsam!« Doch die Hunde hörten nicht auf ihn. Sie begannen stattdessen, Pablo einzukreisen. Die Leinen verhedderten sich.
»Entschuldige bitte«, sagte Herr Fuchshuber zu Kim. »Das machen sie sonst nicht.«
»Kein Problem«, gab Kim zurück. Sie bemühte sich, Pablos Leine aus dem Gewirr zu befreien. Die kleinen Hunde knurrten. Dabei vibrierten sie am ganzen Körper. Pablo war sichtlich eingeschüchtert.
»Das sind Schmetterlingshunde, nicht wahr?«, fragte Franzi.
»Richtig.« Fußhupen-Kurt blickte sie erfreut an.
»Süß!«, meinte Franzi.

»Und mutig«, gab der Mann zurück. »Sie halten sich für ein Rudel Wölfe. Euer Hund ist aber auch ein feiner Kerl. Seid ihr neu hier in der Gegend?«
Marie lächelte gewinnend. »Meine Eltern wollen hier im Viertel ein Haus kaufen.«
»Ach wirklich!« Herr Fuchshuber sah sehr interessiert aus.
»Mir gefällt der Rosenweg besonders gut«, fuhr Marie fort. Sie wies auf das kleine Siedlungshaus von Frau Weichert. »Wir haben gestern gehört, dass hier ein Haus zu verkaufen ist. Es steht aber gar kein Schild vor der Tür. Das ist doch sonst üblich.«
Herr Fuchshuber nickte. »Normalerweise stellen Makler ein Schild auf. Das stimmt. Ich habe mich auch schon gewundert. Aber das Haus ist tatsächlich zu verkaufen. Es gehört Augustine Weichert. Sie ist zu alt, um sich allein um Haus und Garten zu kümmern.«
»Hat sie denn keine Familie mehr?«, fragte Marie mitfühlend.
»Sie ist schon seit vielen Jahren verwitwet«, erzählte Fußhupen-Kurt. Jetzt kam er so richtig in Schwung. »Der Cousin von Augustine hat sich immer um alles gekümmert. Der Heinz war das, was man einen patenten Kerl nennt! Seine Familie hatte hier mal einen Hof. So weit man blicken konnte, alles Wiesen und Weiden. Aber das bringt heute nix mehr ein. Die Schafweide hat der Heinz nur für die Augustine behalten. Zu der war er ja immer gut. Aber nach seinem Tod sind schlimme Sachen herausgekommen!«

Marie als Geschäftsfrau

»Schlimme Sachen?«, wiederholte Franzi.

»Oh ja!« Fußhupen-Kurt machte eine bedeutungsvolle Pause und genoss die Aufmerksamkeit. »Das war ein Drama! Das kann ich euch sagen!«

Die drei Mädchen wurden langsam ungeduldig. Aber Fußhupen-Kurt kostete den Moment der Spannung voll aus.

»Nun«, sagte er endlich. »Angeblich ist rausgekommen, dass der Heinz drei Freundinnen gleichzeitig hatte! Drei! Und das in dem Alter! Das hat keiner geglaubt, aber ich kenne jemanden, der das bestätigen kann. Zustände waren das! Die Augustine war zu Recht schockiert!«

»Echt schlimm«, sagte Franzi, so ernst wie möglich.

»Lass das, Athos!«, rief Herr Fuchshuber einen seiner Hunde zurück. Dann drehte er sich wieder zu den drei !!! um. »Dieser Heinz! Ein echter Schwerenöter! Aber zu seiner Cousine Augustine war er wirklich nett. Er wusste, wie sehr sie an allem hängt, was noch von dem ehemaligen Hof übrig ist. Sonst hätte er die Weide längst verkauft. Mit der Schäferin hatte er es eh nicht so.«

»Ach? Wirklich?«, hakte Marie nach.
»Das ist so ein handgestricktes Modell! Ich sach' mal, die sieht genauso aus wie ihre Viecher! Wenn die nicht aufrecht gehen würde, könnte man sie glatt für ein Schaf halten.« Kim überging diese Bemerkung. »Aber wem gehört denn nun die Weide?«
»Die hat Augustine Weichert von ihrem Cousin geerbt«, sagte Fußhupen-Kurt. »Und wenn das nach der Augustine geht, dann wird da bis in alle Ewigkeit weitergeblökt. Sie will ja auch nicht hier weg. Zieht vermutlich nur ein paar hundert Meter weiter ins Neubaugebiet. In den dritten Stock von einem Mehrfamilienhaus. Perfekte Sicht auf die Weide und ihr altes Grundstück. Das wär ja nichts für mich. Lieber ein klarer Schlussstrich. Aber die Augustine hat eben ein ganzes Leben lang hier am Rosenweg gelebt.«
»Also ich kann das verstehen. Es ist so idyllisch hier«, schwärmte Marie. »Was für ein Glück, dass man auf solchen Weideflächen nicht bauen darf.«
»Klar darf man da bauen«, wandte Herr Fuchshuber ein. »Zumindest bald!«
Kim sah den Mann erstaunt an. »Wirklich? Wie geht denn das?«
»Die arme Augustine hat ja keine Ahnung.« Herr Fuchshuber beugte sich vor. Seine Augen blitzten. Es machte ihm sichtlich Spaß, all die Geheimnisse auszuplaudern, die er bei seinen Spaziergängen mit den Hunden erfahren hatte. »Der Heinz hat sich damals schon dafür eingesetzt, die Wiese in Bauland

umzuwandeln. Bauland ist nämlich mehr wert. Zumindest, wenn man kein Bauer ist.«

»Und das weiß Frau Weichert nicht?«, fragte Franzi entsetzt.

Herr Fuchshuber lachte. »Ich würde mich wundern, wenn Augustine in ihrem Leben auch nur einen einzigen Vertrag gelesen hat. Früher hat sich ihr Mann um alles gekümmert, dann später ihr Cousin.«

»Und woher wissen Sie das alles?«, erkundigte sich Marie.

»Ich hab immer gern mit dem Heinz geplaudert«, meinte Fußhupen-Kurt. »Und natürlich habe ich auch so meine Beziehungen. Ich kenne sogar jemanden aus dem Rathaus. Der hat eine Dackel-Hündin. Mein Porthos kommt sehr gut mit der aus.« Er deutete auf einen der Schmetterlingshunde, die noch immer den armen Pablo umzingelten. Man sah Kim an, dass sie langsam ein schlechtes Gewissen bekam. Dieses Gespräch kostete den Mischling der Jülichs einige Nerven! Kurt Fuchshuber schien davon nichts mitzubekommen. »Ich kann euch sagen, hier wird einiges geplant!«

Er berichtete noch eine ganze Weile von seinem Bekannten aus dem Bauausschuss, redete über Dackel und Schmetterlingshunde, fehlende Mülleimer, unhöfliche Autofahrer und den neuen Wagen von Frau Roland. Marie musste sich konzentrieren, um bei der Informationsflut noch den Überblick zu behalten. Sie war froh, als Herr Fuchshuber sich verabschiedete und mit seinen kleinen Hunden weiterzog.

Auch Kim und Franzi atmeten auf. Kim ging in die Hocke und kraulte Pablo hinter den Ohren. »Das hast du fein gemacht!«

»Habt ihr das alles verstanden?«, fragte Franzi. »Mir brummt ehrlich gesagt der Kopf.«
Kim stand wieder auf. »Wenn ich es richtig verstanden habe, dann weiß Frau Weichert nicht, dass man auf ihrer Weide bauen darf.«
»Weil ihr Cousin ihr das nicht gesagt hat«, fügte Marie hinzu.
»Ich denke, wir müssen beim Bauamt anrufen«, meinte Kim. »Wenn Herr Fuchshuber die Wahrheit sagt, ist das Grundstück von Frau Weichert vielleicht viel wertvoller, als sie glaubt! Das würde dann auch erklären, warum die Makler alles dransetzen, um sich das Grundstück selbst unter den Nagel zu reißen: Die wollen es billig kaufen und dann mit einem fetten Gewinn wiederverkaufen. Zum Beispiel an eine Firma, die einen Supermarkt baut.«
»Das kann ja sein. Aber warum schleicht die Frau nachts durch die Gärten und greift dabei auch noch Raphael an?«, gab Franzi zu bedenken.
»Genau das werden wir herausfinden!«, sagte Kim entschlossen. »Am besten, wir fahren in unser Hauptquartier!«

Das Hauptquartier der drei !!! lag im Pferdeschuppen der Familie Winkler. Gemeinsam hatten die Mädchen aus dem Stall ein echtes Büro gemacht. Kim band Pablo vor der offenen Stalltür an und stellte ihm eine Schale mit Wasser hin. Franzi brachte ihm eine Knabberstange. Doch das Futter interessierte ihn kaum. Aufgeregt beobachtete der Hund das Huhn, das auf dem Hof scharrte. Es hieß Polly und gehörte Franzi. Immer, wenn Polly eine schnelle Bewegung machte, drang ein gepresstes »Wuff!« aus Pablos Kehle und seine Ohren stellten sich auf. Als die Mädchen gerade in ihr Hauptquartier gehen wollten, fuhr der Wagen von Herrn Winkler vor. Die Praxis von Franzis Vater lag auf dem Hof der Winklers, er fuhr aber auch auf die umliegenden Höfe, wenn er dort Kühe, Pferde oder Schafe behandeln musste. Er begrüßte die Mädchen und wollte gerade ins Haus gehen, als Franzi ihn abfing. »Kann ich dich kurz etwas fragen?«

Herr Winkler sah auf seine Uhr. »Ich muss gleich in die Praxis, aber fünf Minuten hätte ich noch.«

»Wenn man eine Weide kauft, darf man da doch nicht einfach ein Haus drauf bauen, oder?«, fragte Franzi.

Ihr Vater runzelte die Stirn. »Du willst doch nicht etwa Tinkas Koppel verkaufen? Das arme Pony!«

Franzi lachte. »Niemals! Keine Sorge. Tinka darf ihre Weide behalten. Ich möchte nur wissen, wie das allgemein abläuft.«

»Nun«, fing Herr Winkler an. »Man darf tatsächlich nicht einfach etwas bauen. Selbst dann nicht, wenn einem das Land gehört. Jeder, der bauen möchte, muss das mit dem Amt klären.«

»Und das Amt kann ein neues Haus verbieten?«, hakte Kim nach.

»Ja, das kann es. Besonders, wenn das Land als Weide eingetragen ist«, bestätigte Herr Winkler. »Dann ist es nämlich eine landwirtschaftliche Fläche. So wie die Koppel von Tinka.«

»Dann darf man auf einer Weide also nie bauen?«, fragte Franzi nach.

Herr Winkler kratzte sich am Kopf. »Das ist gar nicht so einfach zu erklären. Solange im Plan steht, dass es Tinkas Weide ist, darf dort tatsächlich nicht gebaut werden. Aber man kann solche Pläne ändern. Dann wird aus dem Weideland Bauland. Bauer Henning hat das so gemacht. Da erinnerst du dich doch bestimmt dran, Franzi. Die Neubausiedlung steht auf Feldern, die mal zu seinem Hof gehört haben.«
»Stimmt«, fiel es Franzi ein. »Am Lerchenweg wuchs früher mal Mais. Und da war auch eine Kuhweide.«
»Ist Bauland denn teurer als eine Weide?«, fragte Marie.
»Klar«, meinte Herr Winkler. »Bauland ist heutzutage viel wert. Besonders, wenn es am Rand einer Stadt liegt.« Er sah wieder auf die Uhr. »So, jetzt muss ich aber schnell in die Praxis!«

Pablo machte ein kleines Schläfchen in der Sonne. Polly pickte inzwischen unter einem Kastanienbaum herum, während die Mädchen bei offener Tür in ihrem Hauptquartier saßen. Kim hatte vor dem Computer Platz genommen und schrieb eifrig etwas auf einen Zettel. Als sie fertig war, drehte sie sich zu Marie um. »Du bist die Schauspielerin im Team. Daher wäre es gut, wenn du den Anruf beim Amt erledigst.«
»Beim Amt? Ich?« Marie zögerte. »Ich habe keine Ahnung, was ich fragen soll. Und selbst wenn: Ich würde die Antworten bestimmt nicht verstehen.«
»Die Fragen stehen hier auf dem Zettel.« Kim deutete auf ihre Notizen. »Wenn du auf Lautsprecher schaltest, können wir einfach mithören. Gemeinsam schaffen wir das schon!«

»Ja, ich weiß. Eins, zwei, drei – Power!!!«, murmelte Marie. »Gib schon her.« Dann wählte sie die Nummer, die ihr Kim aufgeschrieben hatte. Nach dreimaligem Tuten meldete sich ein Mann. Er klang recht freundlich. Marie holte tief Luft. Dann legte sie in einem erstaunlich erwachsenen Tonfall los. »Guten Tag! Mein Name ist Clara Clausen. Ich hätte eine Frage zu einer …«, sie blickte hektisch auf den Zettel. »… Immobilie am Rosenweg.«

»Was wollen Sie denn wissen?«

»Mein Mann und ich würden das Haus gerne kaufen. Dazu gehört auch eine Weide, auf der wir ein weiteres Haus bauen wollen. Für die Eltern meines Mannes. Ist das möglich?«

Der Mann vom Amt begann, etwas von Bauerwartungsland, Flächennutzungsplänen und landwirtschaftlichen Flächen zu erzählen. Marie warf dabei immer wieder gestresste Blicke zu ihren Freundinnen. Während Franzi anscheinend schon längst den roten Faden verloren hatte, war Kim mal wieder dabei, sich eifrig Notizen zu machen.

»Tja, so sieht es aus«, sagte der Mann schließlich.

Marie bedankte sich höflich und legte auf. »Puh«, machte sie.

»Flächennutzungsdings? Gewerbe-Blabla? Immobilien-Sonstwas?« Franzi stöhnte. »Ich will das alles gar nicht verstehen.«

»So schwierig ist das gar nicht.« Kim lächelte zufrieden.

»Du bist ja auch der Kopf unseres Trios«, schnaubte Franzi.

»Danke.« Kim schmunzelte. »Im Grunde hat der Mann das bestätigt, was uns Fußhupen-Kurt schon erzählt hat: Auf der Weide darf ab nächstem Frühjahr gebaut werden.«

»Das habe ich auch noch kapiert«, meinte Franzi. »Dann ist sie nämlich als Bauland eingetragen.«
»Richtig«, bestätigte Kim. »Und man darf dort nicht nur Wohnhäuser bauen. In den nächsten Jahren sollen rund um das Neubaugebiet Bürogebäude, Supermärkte, eine Tankstelle und ein Schuhdiscounter entstehen. Dafür wird jede Menge Bauland benötigt.«
»Dann könnte Frau Weichert ihr altes Haus und die Weide zu einem Spitzenpreis verkaufen!«, überlegte Franzi. »Als Bauland!«
»So ist es«, bestätigte Kim. »Aber das möchte sie gar nicht.«
Marie spürte, wie sie wütend wurde. »Diese Makler wollen die alte Dame übers Ohr hauen! Frau Weichert soll glauben, dass eine nette Familie in ihr Haus einzieht. In Wirklichkeit kaufen die Makler das Grundstück selbst – um es richtig teuer wiederzuverkaufen. Und dann wird alles abgerissen und ein Supermarkt gebaut. Oder vielleicht eine Tankstelle oder eine Waschanlage ...«
»Das befürchte ich auch«, meinte Kim. »Aber machen wir doch einfach einen kleinen Test!«
Ein paar Minuten später griff Marie erneut nach dem Telefon. Dieses Mal war sie nicht so aufgeregt. Sie war wütend. Energisch tippte sie die Nummer ein.
»Maklerbüro *Schöneich & Jung*, Sekretariat. Was kann ich für Sie tun?«, fragte eine höfliche Frauenstimme.
»Guten Tag«, sagte Marie erneut in erwachsenem Tonfall. Sie blickte kurz auf den Text, den sie zuvor mit Kim und Franzi

ausgearbeitet hatte. Es sollte ja echt klingen. »Clara Clausen von *Greven Invest.* Ich rufe im Auftrag eines Kunden an. Es geht um ein großes Projekt. Ist Frau Schöneich zu sprechen?«

»Selbstverständlich«, flötete die Frau am anderen Ende der Leitung. »Ich verbinde.« Eine nervtötende Melodie erklang. Dann knackte es. »Schöneich. Guten Tag.«

Marie wiederholte, was sie zu der Sekretärin gesagt hatte. Dann fügte sie hinzu: »Es geht um ein Grundstück am Rosenweg.«

»Rosenweg Nummer vier?«, fragte Frau Schöneich nach.

»Genau das«, bestätigte Marie. »Natürlich mit der angrenzenden Weide. Die würden wir gern mitbebauen. Wenn das möglich ist.«

»Klar. Das ist ab nächstem Frühjahr machbar«, meinte Frau Schöneich.

Marie blickte ihre beiden Freundinnen an. Kim reckte beide Daumen hoch. Franzi nickte ihr zu. Der Beweis war erbracht! Die beiden Makler wollten das Grundstück erfolgreich verkaufen – egal, an wen. Bevor die Frau weitere Fragen stellen konnte, fügte Marie schnell hinzu: »Ich kann Ihnen am Telefon noch keine Details verraten. Das alles ist noch topsecret! Das verstehen Sie hoffentlich.«

»Selbstverständlich. Lassen Sie uns doch einen Termin vereinbaren«, bot Frau Schöneich an.

»Heute Mittag bei Ihnen im Büro, um 13:30 Uhr?«, fragte Marie geschäftsmäßig.

Frau Schöneich schien in ihren Kalender zu gucken. Nach einer kurzen Pause sagte sie: »Sehr gern, Frau Clausen.«

»Vielen Dank, Frau Schöneich. Bis später dann. Auf Wiederhören!« Marie legte auf und grinste breit. »Na, wie war ich?«
»Großartig!«, sagte Franzi begeistert. »Du hast dich echt angehört wie eine Geschäftsfrau!«
Kim war ebenfalls sichtlich zufrieden. »Für die Schauspielerin und das Drehbuch müsste es jeweils einen Oscar geben!«
»Darauf gebe ich eine Runde Saftschorle aus!« Franzi sprang auf. »Ich bin gleich wieder da!«
Ein paar Minuten später kam sie mit einem großen Tablett zurück ins Hauptquartier. Neben drei Gläsern gab es auch einen Teller, der bis zum Rand mit Kuchen gefüllt war.
»Meine Mutter probiert für ihren Back-Service gerade neue Rezepte aus. Sie hat uns Test-Häppchen mitgegeben.«
»Mmh«, machte Kim begeistert. »Cremeschnittchen mit Biskuit, Mandeltörtchen, Mini-Muffins und eine Zitronentarte! Herrlich!«
»Nach der geballten Informationsflut haben wir uns eine Stärkung aber echt verdient!« Franzi schnappte sich einen Muffin und biss genüsslich hinein.
Marie hatte keinen großen Hunger. Seit sie Holger und Selma bei der alten Fabrik beobachtet hatte, war ihr der Appetit gründlich vergangen. Daher nahm sie nur einen Schluck von der Saftschorle. »Was ist eigentlich aus den Plänen deiner Mutter geworden, Franzi? Will sie noch ein Café eröffnen?«
Franzi sah mit einem Mal nicht mehr so glücklich aus. Sie blickte zu Boden. »Meine Eltern haben sich deswegen jetzt schon zweimal richtig gestritten!«

Marie sah ihre Freundin erschrocken an. »Aber sie haben sich doch wieder vertragen?«
»Schon, aber es war ziemlich heftig. So habe ich das bei meinen Eltern noch nie erlebt.« Sie seufzte. »Ich hoffe, dass dieses Café nicht dafür sorgt, dass …« Sie sprach es nicht aus. Trotzdem wusste Marie, was Franzi meinte. Sie hatte Angst, dass ihre Eltern sich trennen könnten. Dabei waren Herr und Frau Winkler schon viele Jahre glücklich verheiratet.
»Sie werden bestimmt gemeinsam eine Lösung finden!«, sagte Kim hoffnungsvoll.
Franzi nickte. »Bis dahin macht Mama einfach weiter mit ihrem Back-Service. Damit ist mein Vater einverstanden.« Sie schwiegen ein paar Minuten und jeder hing seinen Gedanken nach. Schließlich sagte Kim energisch: »Pause beendet! Ich bin dafür, dass wir jetzt zum Maklerbüro fahren.«

Die Höhle der Löwen

Das Maklerbüro *Schöneich & Jung* lag in der Nähe des Stadtzentrums in einer hübschen Seitenstraße. Hier gab es eine Mischung aus schicken Wohn- und Geschäftshäusern. Die drei !!! stellten ihre Fahrräder an einer Ulme ab. Kim öffnete die Biker-Bag für Hunde, die auf ihrem Gepäckträger befestigt war. Ächzend hob sie den strampelnden Pablo heraus. Für weite Strecken war die Spezialtasche sehr praktisch. Allerdings gehörte Pablo zu den Hunden, die lieber selbst laufen wollten. Er hatte alles versucht, um vom Rad zu springen. Außerdem war der Spaniel-Mischling beinahe zu groß für die Biker-Bag. Er schüttelte sich hingebungsvoll und steuerte dann sogleich einen Busch an, der neben der Ulme wuchs.

»Das da muss es sein«, meinte Franzi. Sie deutete auf einen weißen Neubau. Im Erdgeschoss befanden sich Büroräume. Links und rechts von der Tür standen jeweils ein schwarzer Kübel mit einem Buchsbaum und ein weißer Löwe aus Stein. Daneben war ein Schild angebracht: *Schöneich & Jung – Immobilien.*

»Dann betreten wir doch mal die Höhle der Löwen«, schlug Kim vor. Sie drückte die Klingel. Sekunden später ertönte ein Summen und die Tür ließ sich aufdrücken. Die drei !!! traten nacheinander in ein hell beleuchtetes Vorzimmer. In einer Ecke stand eine Sitzgruppe aus schwarzen Ledersesseln. An der Wand hingen moderne Kunstwerke von Häusern. Hinter einem großen Tresen aus Glas saß eine blonde Frau.
Pablo drängte sich an den Mädchen vorbei. Er schnupperte. Die Luft war etwas stickig und es roch nach Kaffeebohnen, Zitrusreiniger und Zigarettenrauch. Der Hund nieste.
Die blonde Frau spähte über den Tresen und warf einen missbilligenden Blick auf Pablo. Der bemerkte das jedoch nicht und schnüffelte konzentriert an dem hellen Sisalteppich.
»Ist der stubenrein?«, fragte die Frau nervös.
»Eigentlich schon«, sagte Kim rasch. Sie griff die Leine etwas fester. »Wir wollen zu Frau Schöneich.«
Die Frau zog eine Augenbraue hoch. »Frau Schöneich hat Termine.«
»Nicht um 13:30 Uhr«, entgegnete Marie selbstsicher. Franzi verschränkte die Arme. »Sagen Sie ihr einfach, es ginge um den Rosenweg Nummer vier.«
In diesem Augenblick trat Frau Schöneich aus einer Tür. Sie trug die elegante Brille von dem Foto. Dazu ein tailliertes schwarzes Kostüm und hochhackige Schuhe mit Pfennigabsätzen. Kaum etwas erinnerte noch an die Frau mit der Wachsjacke und den Gummistiefeln. »Ich hätte gern einen Kaffee, Bernadette.«

»Sofort!« Die Sekretärin sprang auf. »Diese Mädchen wollen übrigens mit Ihnen reden. Es geht um den Rosenweg.« Frau Schöneich musterte Kim, Franzi und Marie abschätzig.
»Ja, bitte?« Dann trat sie einen Schritt vor. »Ich kenne euch doch!«
»Sehr richtig. Wir haben uns bei Frau Weichert auf der Auffahrt getroffen«, bestätigte Marie.
Frau Schöneich winkte genervt ab. »Ich habe keine Zeit für euch.«
»Wir haben aber einen Termin.« Kim ließ sich nicht so leicht abschütteln. »13:30 Uhr, *Greven Invest.*«
Nun bildete sich eine feine Zornesfalte auf der Stirn von Leandra Schöneich. »Ihr wart das! Ich habe mich schon gefragt, was das sollte! Es gibt nämlich keine Firma mit diesem Namen.«
»Wir würden trotzdem gern mit Ihnen sprechen«, sagte Kim. Sie griff in die Tasche und beförderte die Visitenkarte der drei Detektivinnen zutage.
Frau Schöneich wehrte ab. »Ich will eure Karte nicht! Für einen Kinderstreich ist mir meine Zeit zu kostbar!«
»Es geht nicht um einen Streich!«, sagte Franzi.
Kim lächelte kühl. »Wir möchten mit Ihnen über eine gewisse Frau Hartholtz sprechen, die angeblich zwei Kinder hat und ganz idyllisch wohnen will. Und über eine Weidefläche, die nächstes Jahr in Bauland umgewandelt wird.«
»Ach ja?«, fragte Frau Schöneich schneidend.
»Sollten wir dafür nicht lieber in Ihr Büro gehen?«, schlug Marie vor.

Leandra Schöneich überlegte einen Moment, dann streckte sie sich. »Kommt mit.« Sie stöckelte voran in ein helles, geräumiges Zimmer mit einem riesigen Schreibtisch. Durch ein großes Fenster konnte man auf einen begrünten Innenhof blicken. Die Sekretärin huschte hinterher und stellte einen Cappuccino mit Milchschaum vor ihrer Chefin ab. Den Mädchen bot sie nichts an.

»Danke, Bernadette. Sie können jetzt gehen!«, sagte die Maklerin im Befehlston. Die Sekretärin nickte höflich und eilte dann aus dem Raum. Sie schloss die Tür hinter sich.

Leandra Schöneich musterte die drei !!! erneut. »Ihr wollt also mit mir reden. Und was ist, wenn es gar nichts zu reden gibt?«

Franzi sah die Frau erbost an. »Frau Weichert sieht das bestimmt anders.«

Frau Schöneich lachte auf. »Die Weichert ist eine alte Frau, die keine Ahnung von Geschäften hat, Verträge nicht versteht und zu sehr an der Vergangenheit hängt.«

»Das ist doch kein Grund, kriminelle Methoden anzuwenden!«, rief Kim. Pablo legte den Kopf schief. Er merkte, dass sein Frauchen verärgert war.

»Kriminell ist doch stark übertrieben«, meinte Frau Schöneich. »Wir klauen ihr Haus ja nicht, wir wollen es kaufen. Das ist ganz legal!«

»Sie wollen das Grundstück zu einem viel zu billigen Preis haben«, gab Marie zurück. »Und Sie wollen aus der Weide Bauland machen.«

Frau Schöneich zuckte mit den Schultern. »Das ist Business,

Kleine. Aber das verstehst du noch nicht! Das hier ist ein Maklerbüro, keine Wohltätigkeitsorganisation.«

»Etwas mehr Menschlichkeit würde Ihnen sicherlich nicht schaden«, fand Kim. »Und das, was Sie bei Frau Weichert veranstaltet haben, geht doch über normale Geschäftspraktiken hinaus. Ich würde es sogar Vorspiegelung falscher Tatsachen nennen.«

»Kannst du das denn überhaupt beweisen?« Jetzt klang Frau Schöneich kess.

Kim holte ihr Handy aus der Tasche. »Wir haben alles aufgenommen. Außerdem sind Sie im Internet abgebildet. Als Leandra Schöneich. Nicht als Veronika Hartholtz. Das dürfte dann ja ausreichen.«

Frau Schöneich hielt sich mit einer Hand am Schreibtisch fest. »Was wollt ihr? Eine kleine Aufstockung für euer Taschengeld? Sagen wir mal, hundert Euro ... für jede von euch?«

Kim schüttelte den Kopf. »Wir sind nicht bestechlich!«

»Was wollt ihr dann?«

»Sie sollten sich bei Frau Weichert entschuldigen und den Verkauf des Hauses einem seriösen Makler überlassen. Jemandem, der nach einer echten Familie sucht. Nach Menschen, die wirklich dort wohnen wollen und sich über die Weide freuen.«

Die Maklerin schnaubte. »Leute, die sich einen alten Kasten kaufen, um auf ein paar Schafe zu gucken? Und die auch noch blöd genug sind, Grundsteuer für eine Weide abzudrücken, die man auch als Bauland benutzen könnte? Na, dann viel Erfolg bei der Suche.«

»Frau Weichert wird jemanden finden«, meinte Marie überzeugt. »Es gibt genug Menschen, die sich nach einem Häuschen im Grünen sehnen.«

»Ich muss zuerst mit meinem Partner sprechen«, räumte Frau Schöneich ein. »Wenn er einwilligt, entschuldigen wir uns bei Frau Weichert.«

»Gut. Wir würden dann gerne noch klären, woher Sie den Wagen hatten«, sagte Kim. »Den Familien-Van.«

»Der gehört meiner Schwester. Damit wäre wohl alles geklärt.«

»Nicht ganz. Da wäre durchaus noch etwas«, widersprach Kim. »Die Sache mit Raphael.«

»Raphael? Nie gehört!«

»Das ist der Junge, den Sie niedergeschlagen haben!«, rief Franzi.

»Wie bitte?« Frau Schöneich starrte die Mädchen an, als wären sie gerade aus einem Ufo gestiegen.

»Wir haben eine Zeugin, die gesehen hat, wie jemand nachts durch die Gärten am Rosenweg gelaufen ist«, erklärte Kim. »Dieser Jemand hat einen Jungen namens Raphael niedergeschlagen und dabei verletzt. Er musste sogar ins Krankenhaus.«

»Was habe ich damit zu schaffen?«, ereiferte sich die Maklerin.

»Die Täterbeschreibung passt genau auf Sie.«

Leandra Schöneich stöckelte zur Tür. »Das ist doch die Höhe! Was soll ich denn nachts in irgendwelchen Gärten machen? Ich habe nun wirklich Besseres zu tun, als herumzuschleichen und Jungen niederzuschlagen. Wie gesagt: Ich bin Geschäftsfrau!« Sie riss die Tür auf und deutete in den Vorraum. »Geht jetzt bitte. Ich muss mich mit Herrn Jung besprechen.«

Als die drei !!! am Tresen von Bernadette vorbeigingen, sahen sie noch, wie Leandra Schöneich durch eine Tür neben ihrem Büro ging. Vermutlich saß dort ihr Partner, Herr Jung. Zu schade, dass sie dieses Gespräch nicht mithören konnten, solange Bernadette aufpasste.

»Was meint ihr?«, fragte Franzi, als sie wieder vor der Tür standen. »Sagt sie die Wahrheit?«

»Ich weiß nicht.« Marie war sich nicht ganz sicher.

»Wir müssen der Sache auf den Grund gehen!« Entschlossen sah sich Kim um. »Vom Büro aus habe ich einen kleinen Innenhof gesehen. Mit etwas Glück hat Herr Jung ein Fenster angelehnt.«

»Na hoffentlich«, fand Franzi. »Der Typ ist doch Raucher. Das hat man bis in das Vorzimmer gerochen. Wenn die Schöneich ihm von unseren Ermittlungen berichtet, nuckelt der bestimmt voll gestresst an einem brennenden Papier.«

»Beeilt euch!« Als Kim sichergestellt hatte, dass niemand sie beobachtete, schlug sie sich durch eine Hecke aus Kirschlorbeerpflanzen. Pablo, Franzi und Marie folgten ihr. Sie landeten auf einem schmalen Grasstreifen zwischen dem Büro und dem Nachbarhaus.

»Vorsicht«, raunte Franzi. »Da ist ein bodentiefes Fenster!«

»Das Zimmer von Herrn Jung geht nach hinten raus«, flüsterte Kim. »Es könnte höchstens sein, dass diese Bernadette aus dem Fenster schaut.«

Sie schafften es, ungesehen in den Hinterhof zu gelangen. Hier gab es ein Viereck aus grünem Rasen, einen weißen Kiesweg und einzelne Gruppen von Kirschlorbeersträuchern und Buchsbaum-Kugeln.

»Wir müssen näher ran!«, zischte Marie. Sie spähte zu den Büroräumen der Makler hinüber. Tatsächlich war dort ein Fenster angelehnt.

»Wenn wir uns alle hinter den Busch neben dem Fenster zwängen, fallen wir garantiert auf«, meinte Franzi. »Was ist, wenn auf der gegenüberliegenden Seite jemand aus dem Fenster guckt?«

»Ich gehe allein«, entschied Marie leise.

Pablo zerrte unterdessen nervös an der Leine. Seine Hundenerven lagen blank. Dieser Tag verlief eine Spur zu aufregend! Erst hatten ihn die Schmetterlingshunde umzingelt, dann war ein Huhn vor seiner Nase auf und ab gelaufen und schließlich hatte er eine halbe Ewigkeit in einem engen Fahrradkorb sitzen müssen. Jetzt schlichen die Mädchen auch noch herum und flüsterten! Marie sah besorgt auf den Mischling, der hechelte und sich gegen die Leine warf. Wenn er bellte, würde er sie verraten! Aber Kim kraulte Pablo beruhigend hinter seinen flauschigen Ohren.

»Wartet hier!« Marie durfte keine Zeit verlieren. Jede Sekunde des Gesprächs war wichtig! Sie huschte über den Kies. Die Steinchen rollten unter ihren Wildlederstiefeln davon und knirschten. Marie hoffte inständig, dass man ihre Schritte im Büro nicht hören konnte. Als sie endlich den Busch erreicht hatte, atmete sie auf. Sie positionierte sich hinter dem Kirschlorbeer an der Hauswand – gleich neben dem gekippten Fenster. Ein leichter Geruch von Tabak wehte ihr entgegen. Franzi hatte recht behalten. Herr Jung rauchte. Im Inneren des Büros fluchte jemand. Marie vermutete, dass die Stimme zu Herrn Jung gehörte. »Diese dämlichen Gören!«

»Wie sollen wir denn jetzt bloß darauf reagieren?«, fragte Frau Schöneich.

»Ich rufe Frau Weichert an und verabrede einen neuen Termin mit ihr.« Herr Jung machte eine kurze Pause. »Morgen um 15:00 Uhr kann ich das einschieben.«

»Was willst du ihr sagen?«

»Die Wahrheit. Ich biete ihr einfach mehr Geld an. Jeder Mensch ist käuflich.«

»Da bin ich mir nicht so sicher«, meinte Frau Schöneich zweifelnd.

»Eine andere Möglichkeit haben wir nicht, Leandra.«

»Leider! Übrigens wollten mir die Mädchen unterstellen, nachts einen Jungen niedergeschlagen zu haben. Im Nachbargarten!«

»Die haben doch einen an der Klatsche!«, knurrte Herr Jung.

»Sie waren überzeugt, dass ich das war.«

»Und, warst du es?«

»Spinnst du?«, rief Frau Schöneich aufgebracht. »Natürlich nicht!«

»Entschuldige. Ich bin etwas gereizt. Immerhin geht uns vielleicht ein Top-Grundstück durch die Lappen!«

»Was meinst du, wer könnte da nachts am Rosenweg durch die Gärten laufen?«, fragte Frau Schöneich.
Herr Jung lachte auf. »Keine Ahnung! Und es interessiert mich auch nicht. Ich habe jetzt genug andere Sorgen.« Das Telefon klingelte. »Das ist wichtig. Wir sprechen später, okay?«
»Ja, okay.«
Marie hatte genug gehört. Sie wollte gerade zu ihren Freundinnen zurückschleichen, als ein leichter Windstoß durch den Hinterhof fegte. Eine leere Brötchentüte, die in einem der Beete gelegen hatte, wurde vom Wind erfasst und tanzte durch die Luft. Dann überschlugen sich die Ereignisse. Pablo sah die Tüte und rastete aus. Das weiße, schwebende Teil musste erlegt werden! Voller Entsetzen sah Marie, wie der Mischling sich losriss und auf die Rasenfläche sprang. Knurrend stürzte er sich auf die Tüte und schüttelte sie hin und her. Dann begann er abwechselnd zu bellen und Fetzen aus seiner Beute zu reißen. Weiße Papierflocken trieben über den Rasen. Kim und Franzi sahen erschrocken zu Marie hinüber. Im Bürogebäude gegenüber wurde ein Fenster aufgemacht. Eine Frau beugte sich hinaus. »Nehmt euren Köter mit! Spielen ist hier verboten!«
Marie beeilte sich, zu Pablo zu kommen. Noch war Herr Jung am Telefon. Vielleicht war er durch das wichtige Gespräch so abgelenkt, dass er nicht auf den Hund im Hof geachtet hatte. Doch bald würde Frau Schöneich ihr Büro betreten. Und dann würde sie Pablo sehen und wissen, dass die drei !!! gelauscht

hatten. Ohne Zeit zu verlieren, sprang Marie in die Mitte der Rasenfläche, schnappte sich den strampelnden Pablo und joggte zu ihren Freundinnen. Sie hatte beinahe den Kiesweg erreicht, als die automatischen Rasensprenger angingen. Dünne Fontänen aus Wasser schossen in die Luft und landeten auf Marie, dem Hund und den Resten der Papiertüte, die er noch im Maul hielt. Als sie endlich hinter den Büschen in Deckung gegangen war, liefen Tropfen aus Maries blonden Haaren. Pablo stupste das nasse Papier vor ihm mit der Nase an. Er sah enttäuscht aus.

»Du bist mir vielleicht ein feiner Hund!«, sagte Kim zu dem Mischling. »Ein Polizeihund wird aus dir bestimmt nicht.«

»Macht doch nichts.« Franzi lachte leise. »Dafür bringt er dir immer genug Papier für deine Notizen!«

Noch mehr Blumen

Marie kuschelte sich in ihren weichen Morgenmantel. Dann setzte sie sich ans Fenster und begann, ihre Haare zu kämmen. Nach dem anstrengenden Vormittag und der unfreiwilligen Dusche im Hinterhof war sie in die Villa gefahren und hatte mal wieder ein langes, heißes Bad genommen. Der Himmel war inzwischen wieder bewölkt. Das würde Holger garantiert nicht davon abhalten, auch heute wieder sein Training zu machen – vermutlich mit Selma. Allein der Gedanke an die beiden ließ Marie frieren. Holger und Selma. Selma und Holger! Es war kaum auszuhalten! Marie legte die Bürste weg und schnappte sich das Zauberbuch, das auf ihrem Nachttisch gelegen hatte. Sie schlug die Seite mit dem Lesezeichen auf. Dort wurde ein Loslöse-Ritual beschrieben. Franzi hatte so einen ähnlichen Zauber nach der Trennung von ihrem Ex-Freund Felipe verwendet. Während sich Franzi und Kim normalerweise wenig aus Magie, Zaubertränken oder Wahrsagen machten, hatte Marie viel Spaß daran. Es ging natürlich nicht darum, echt zu zaubern. Sie konnte kein weißes Kaninchen aus einem

leeren Hut holen oder Gegenstände schweben lassen. Marie las gern Horoskope, legte sich die Karten oder machte die kleinen Rituale aus ihrem Zauberbuch. Darin ging es um Formeln für mehr Glück, gute Wünsche oder eben ganz besonders um das Thema Liebe. Für das Loslöse-Ritual auf Seite 114 musste man beispielsweise eine Kerze anzünden, den Namen des Herzensbrechers im Kerzenlicht auf einen Zettel schreiben und ihn dann zu einem Papierboot falten. Das ließ man später auf einem Bach oder Fluss davonschwimmen. Dazu sagte man die Worte: *»In Liebe und in Freundschaft lasse ich dich ziehen. Auf dass du neue Liebe findest und ich neue Liebe finde. Ich gebe uns frei!«*
Marie hatte diesen Text gemocht. Aber jetzt kam er ihr lächerlich vor. Violetta hatte doch recht gehabt. Holger verdiente ihre Liebe nicht! Sie würde ihn nicht in Liebe ziehen lassen! Nur, damit Holger sich gleich dieser Selma an den Hals werfen konnte! Erbost blätterte Marie weiter. Es gab leider kein Kapitel mit Rache-Wünschen. Nur einen Hinweis: *»Alles Böse, was du aussendest, kehrt dreifach zu dir zurück!«*
Marie seufzte. War sie wirklich so weit, dass sie Holger etwas Schlimmes wünschte? Es musste ja nichts Grausames sein. Höchstens ein paar Pickel. Damit Selma ihn nicht mehr so toll fand. Aber Holger war auch mit Pickeln noch ein Klassetyp. Es war zum Verrücktwerden! Marie schob das Buch achtlos von sich. Dann wühlte sie in ihrer Kommode. Darin lagen ihre Tarotkarten. Sie mischte sie gründlich durch und dachte dabei an Holger. Schließlich zog sie mit der linken Hand eine Karte. Es war die Acht der Kelche. Sie stand für Unzufriedenheit,

Enttäuschungen und Aufbruch. Das passte nur zu einem gewissen Grad. Marie war enttäuscht. Und sie war unzufrieden mit der Situation. Aber sie war noch nicht bereit, aufzubrechen. So leicht konnte sie Holger nicht gehen lassen!
Spät am Abend erzählte sie Violetta von der Karte. Sie saßen gemeinsam im Gästezimmer und tranken Tee.
»Tarot ist nicht so mein Ding«, gestand Violetta. »Ich arbeite lieber mit realen Methoden. In dem Rache-Buch gibt es viele Tipps, was man unternehmen kann. Es dürfte nicht schwer werden, deinen Holger und diese Selma auseinanderzubringen. Und dann kommst du wieder mit Holger zusammen und brichst ihm das Herz.«
Marie nickte schweigend. Aber eigentlich wusste sie gar nicht mehr, was sie denken, geschweige denn fühlen sollte. Warum war die Liebe nur so schrecklich kompliziert?

Detektivtagebuch von Kim Jülich
Mittwoch, 19:15 Uhr

Wir haben einen Teil des Falls gelöst! Herr Jung und seine Kollegin haben versucht, Frau Weichert beim Hausverkauf übers Ohr zu hauen. Ihr Grundstück ist viel mehr wert, als sie glaubt. Morgen werden wir sie besuchen und ihr von unseren Ermittlungen berichten. Ich hoffe, dass sie diesen Herrn Jung und Frau Schöneich gar nicht mehr ins Haus lässt. Aber wir haben auch herausgefunden, dass die Makler nichts mit dem Angriff auf Raphael zu tun haben. Bleibt weiterhin die Frage, wer nachts durch die Gärten gelaufen ist und was das Motiv des Täters ist. Wer ist die geheimnisvolle Nachtschleicherin?

Geheimes Tagebuch von Kim Jülich
Mittwoch, 19:33 Uhr

LESEN VERBOTEN! Wie oft soll ich das denn noch sagen? Und warum hält sich niemand daran?
Mama hat mir verboten, Ben und Lukas unter Druck zu setzen. Wenn ich die Kinderfotos von ihnen im Internet veröffentliche, bekomme ich Hausarrest. Woher weiß meine Mutter denn bitte schön, dass ich in meinem GEHEIMEN(!!!!!!!!!!!!!!!!!!!!) Tagebuch darüber geschrieben habe?!? Ich denke ernsthaft darüber nach, eine Geheimschrift zu entwickeln und diesen Computer besser abzusichern. Aber Mama meint, dass sie als gute und fürsorgliche Mutter die Pflicht hätte, unsere Computer zu überprüfen. Das wäre pädagogisch wichtig. Schon wegen Internet-Kriminalität und solchen Dingen.
Meinetwegen kann sie ja meinen Verlauf checken, aber warum mein GEHEIMES (!!!!!!!! und noch mehr !!!!!!!!!!!!!!) Tagebuch?
Ich hoffe, ich werde später nie, nie, nie so eine neugierige Mutter! Eine Mutter, die sich übrigens in ihrem Lehrerforum vier Jahre jünger gemacht hat – und das Passwort »Juelich123« benutzt. Da könnte ich … Nein, ich bin ja nicht so. Keine Sorge! Ich werde weder Fotos hochladen noch Daten korrigieren. Aber ich darf ja wohl etwas sauer sein. Ich wiederhole: Das ist ein geheimes Tagebuch!

Am nächsten Morgen trafen sich die drei !!! gleich nach dem Frühstück bei Frau Weichert im Rosenweg. Sie hatten sich vorgenommen, der alten Dame die Wahrheit über Makler Jung und seine Geschäftspartnerin möglichst schonend beizubringen. Trotzdem nahm die ganze Geschichte Augustine Weichert sichtlich mit.

»Ich kann das gar nicht glauben!« Sie sackte förmlich in ihrem Sessel zusammen. Dabei vergaß sie sogar, ihre Brille wieder hochzuschieben.
»Sollen wir Ihnen ein Glas Wasser bringen?«, fragte Kim besorgt.
Die alte Dame schüttelte matt den Kopf. »Es geht schon, danke.«
»Sehen Sie es mal so«, sagte Franzi aufmunternd, »Sie wissen jetzt, dass Ihr Grundstück viel wert ist.«
»Das ist für mich doch gar nicht wichtig«, meinte Frau Weichert. Endlich gab sie ihrer Brille wieder einen Schubs. Ein Zeichen, dass es ihr etwas besser ging. »Ich möchte doch nur, dass diese wunderschöne Weide erhalten bleibt!«
»Dann verkaufen Sie nur das Haus und den Garten«, schlug Kim vor. »Die Weide könnten Sie doch einfach weiter an die Schäferin verpachten!«
Frau Weichert nickte langsam. »Das werde ich mit Dörte besprechen. Sie kommt gleich vorbei, um nach ihren Schafen zu sehen. Und dann will sie mir helfen, die Werkstatt meines Cousins aufzuräumen.«
»Wir würden auch gern mit der Schäferin sprechen«, meinte Kim. »Unsere Ermittlungen sind ja noch nicht abgeschlossen.«
»Richtig«, sagte Frau Weichert mit sorgenvoller Miene.
»Diese schreckliche Sache mit Raphael! Dann kommt doch einfach mit.«
Sie führte die drei !!! durch ihren Garten bis zur Weide. Der Stall lag auf der anderen Seite des Zauns. Er war aus roten Back-

steinen gebaut und bestand aus einem geräumigen Erdgeschoss und einem Heuboden. An der linken Außenwand stand unter dem vorgezogenen Dach eine Tränke und es gab einen Futtertrog aus Holz. Die Schafe waren gerade jedoch nicht durstig. Sie lagen in einem der wenigen Sonnenflecken am anderen Ende der Weide. Marie ärgerte sich, dass sie ausgerechnet heute Stiefeletten mit Pfennigabsätzen trug. Sie wich einem Haufen Schafsköttel aus und stapfte vorsichtig weiter durch das feuchte Gras. Aus dem halb geöffneten Stallfenster hörte sie ein leises Rumpeln.

»Ach, Dörte ist schon da!« Frau Weichert öffnete die Stalltür. Die drei !!! folgten ihr ins Innere. Im Stall befand sich eine Werkstatt, die recht ordentlich aussah. Dahinter gab es einen Durchgang in einen weiteren Raum. Die Mädchen konnten alte Stühle, eine Schubkarre, ein kaputtes Sofa, Regale und einen Rasenmäher sehen. Eine kleine, rundliche Frau mit grauen Locken wühlte sich gerade durch das Gerümpel. Sie sah auf.

»Augustine! Gut, dass du Hilfe geholt hast! Allein schaffen wir das nie! Man kommt hier kaum durch. Dein Cousin Heinz hat wohl nie etwas weggeschmissen!«

»Ich fürchte, die Mädchen sind nicht zum Aufräumen hier«, sagte Frau Weichert und schob wieder einmal ihre Brille hoch. »Sie haben mir bei einer anderen Sache geholfen.«

»Und was ist mit deinem netten Nachbarsjungen?«, fragte die Schäferin. Sie wischte sich mit dem Ärmel ihres groben Wollpullis über die Stirn.

»Du hast es noch nicht gehört?«, fragte Frau Weichert.

»Was denn?«
»Raphael wurde von einer gemeingefährlichen Unbekannten niedergeschlagen!«
»Ach du Schande!« Dörte ließ von der Gießkanne ab, die sie gerade beiseiteräumen wollte.
Es dauerte eine ganze Weile, bis Frau Weichert alles erzählt hatte. Anschließend stellte sie der Schäferin die drei !!! vor und kam dann auch auf die Sache mit den Häuser-Maklern zu sprechen.
»Behalte die Weide!«, meinte Dörte sofort. »Ich pachte sie gerne für die nächsten zehn Jahre. Dann haben wir eine wunderschöne kleine grüne Insel mitten im Neubaugebiet!«
»Wie schön!« Frau Weichert strahlte. »Dann muss ich nur noch eine Familie finden, die gern in das Haus ziehen will.«
»Das wird schon klappen«, sagte die Schäferin zuversichtlich. »Und die ganze Sache hat noch ein Gutes: Ich pachte die Weide auch mit einem unordentlichen Schuppen. Dann kannst du dir das Aufräumen einfach sparen.«
Frau Weichert lachte. »Irgendwann muss ich den ganzen Krempel wohl einmal sichten. Heinz hat mir all diese Sachen schließlich vererbt.«
»Könnte es sein, dass sich etwas Wertvolles darunter befindet?«, fragte Marie aus einer Eingebung heraus.
Nun lachte Frau Weichert noch lauter. »Aber nein! Raphael meinte, dass höchstens die Bohrmaschine noch etwas Geld einbringen würde. Die ist wohl noch recht neu.«
Dörte nickte. »Ich habe hier auch nichts Besonderes entdecken können. Dahinten liegen ein paar Kisten mit altem

Porzellan. Das ist nett anzusehen, aber wer stellt sich heute noch Teller mit Blumenmuster in den Schrank? Ich mache mir jedenfalls nichts aus so kitschigem Geschirr.«

»Es soll ja Leute geben, die Blumenmotive mögen«, meinte Marie. Sie musste sofort an Frau Fries und ihre Leidenschaft für Rosen denken. Dann fiel ihr noch etwas ein: die Scherbe aus dem Rosenbeet! Sie griff in ihre Jacke. Die Tüte war noch immer da.

»Wenn du magst, trage ich dir das Geschirr nachher ins Haus, Augustine«, bot Dörte gerade an.

Marie hielt der Schäferin den Plastikbeutel mit der Scherbe hin. »Sieht es vielleicht so aus?«

Dörte beugte sich vor. »Ja, das ist es! Viel zu viele Blumen auf viel zu wenig Porzellan. Nicht mein Geschmack! Wo hast du das her?«

»Ich habe es gefunden«, berichtete Marie.

»Was? Wo denn?« Kim sah ihre Freundin plötzlich erstaunt an.

»In der Nähe des Tatorts«, gestand Marie etwas kleinlaut. Schließlich hatte sie die Scherbe ganz vergessen.

»Nun möchte ich dieses Geschirr aber doch mal sehen«, meinte Frau Weichert.

Kurz darauf hatten sie gemeinsam die Kisten unter Gartengeräten, alten Zeitungen und einer verstaubten Teppichrolle hervorgeholt.

»Du meine Güte!« Frau Weichert riss die Augen auf. »Dörte! Weißt du, was das ist?«

»Nee, keine Ahnung!«, gab die Schäferin ehrlich zu. »Ich habe es für Teller und Tassen gehalten.«
»Das ist ein original Schwanenbach-Service!« Sie drehte ungläubig eine zierliche Untertasse in den Händen. »Das muss noch aus der Familie von Heinz' verstorbener Ehefrau stammen.«
»Und das ist wertvoll?«, fragte Dörte skeptisch. »Warum hat Heinz es dann nicht verscherbelt?«
Frau Weichert starrte auf das Porzellan-Siegel. »Heinz war ein großartiger Handwerker und er kannte sich mit Steuern, Verträgen und anderen Geldsachen aus. Aber von Antiquitäten hatte er bestimmt keine Ahnung!«
Marie zückte ihr Smartphone und suchte im Internet nach Schwanenbach. Sie wurde schnell fündig. »Das ist eine kleine, aber uralte Manufaktur aus der Gegend«, erklärte sie den anderen. »Die Stücke werden für Höchstpreise bei Auktionshäusern verkauft.«
»Und das lag die ganze Zeit in meinem Stall?« Frau Weichert kam aus dem Staunen nicht mehr heraus. Sie vergaß sogar, ihre Brille hochzuschieben. »Kaum zu glauben.«
»Wenn am Tatort eine Scherbe davon lag, war erst vor Kurzem jemand hier!«, überlegte Kim. »Und wir haben jetzt auch ein Motiv! Der Nachtschleicherin ging es um das Porzellan!«
Franzi bückte sich. »Es sieht so aus, als würden in dieser Kiste eine ganze Reihe von Teilen fehlen.«
»Weil die Unbekannte immer bereits mehrere Teile entwendet hat«, schlussfolgerte Kim. »Sie konnte aber immer nur eine kleine Menge sicher transportieren und musste daher

mehrfach gehen.« Sie sah Frau Weichert an. »Dürfen wir später noch einmal zu Ihnen kommen?«
»Aber sicher!«, versprach die alte Dame.

Die drei !!! steuerten eine kleine Bäckerei an, die an der Ecke Rosenweg/Tulpenstieg lag. Dort duftete es verführerisch nach frischen Croissants und Kakao. Kim bestellte sich ein zweites Frühstück aus einem Schokocroissant und einem doppelten Kakao. Marie und Franzi beließen es bei einem einfachen Kakao. Dann stellten sie sich an einen Stehtisch am Fenster. Kim nippte an ihrem heißen Getränk. »Gehen wir mal davon aus, dass die gesuchte Person bei Frau Weichert im Schafstall war. Dort hat sie das teure Porzellan geklaut und ist durch die Gärten geflohen.«
Franzi nickte langsam. »Aber wäre es nicht einfacher gewesen, über die Weide zur nächsten Straße zu laufen? Oder durch den Garten zum Rosenweg zu schleichen? Warum ist die Nachtschleicherin ausgerechnet durch den Garten von Familie Fries gelaufen?«
»Ja«, meinte Marie. »Das ergibt keinen Sinn!«
»Ich habe einen Verdacht«, sagte Kim nachdenklich. »Aber ich muss vorher noch etwas prüfen.« Sie holte die Digitalkamera aus dem Rucksack und schaltete sie ein. Dann besah sie sich die Bilder vom Tatort. »Fällt euch dieser Apfel auf? Der mit der angeschlagenen Stelle?«
Franzi blickte aufs Display der Kamera. »Ein ganz gewöhnlicher Apfel. Fallobst, vermute ich. Was soll damit sein?«

»Vielleicht ist unser Dornröschen in Wirklichkeit ein Schneewittchen«, sagte Kim geheimnisvoll.
»Du spielst auf die ganzen Märchenfiguren im Garten der Rolands an, oder?«, hakte Marie nach.
»Nein«, widersprach Kim. »Ich glaube nicht, dass Rolands etwas mit der ganzen Sache zu tun haben. Vielmehr frage ich mich, was ausgerechnet ein Apfel in einem Teil des Gartens macht, in dem es nur Kirschbäume gibt.«

Schneewittchen

»Ich muss in einer halben Stunde los zum Training!«, verkündete Janette, als die drei !!! bei Familie Fries vor der Tür standen.
»Keine Sorge«, versicherte Kim. »Es dauert nicht lange. Wir würden uns nur gern ein weiteres Mal am Tatort umsehen.«
Keine zwei Minuten später untersuchten sie den Schuppen, der an der Grenze zu den Bergendahls stand. Genau wie Marie entdeckte auch Kim die abgerissene Efeuranke. Als sie auf den Holzstapel stieg, konnte sie über die Dachkante spähen. Auf den feuchten Ziegeln wuchs eine dünne Schicht Moos, die an mehreren Stellen aufgewühlt war.
»Auf diesen Schuppen ist vor Kurzem jemand draufgestiegen!«, rief sie ihren Freundinnen zu. Dann sah sie sich alles noch einmal gründlich an, bevor sie wieder herunterstieg.
»An der Dachkante befinden sich Reste von Schafsdreck. Und die Spuren auf dem Moos sehen aus, als ob dort jemand ausgerutscht ist.«
»Und was hat das jetzt alles mit dem Apfel zu tun?« Marie

wurde langsam ungeduldig. Kim hatte ihr und Franzi noch immer nicht verraten, was ihre geheimnisvolle Theorie war.
»Ich glaube, dass sich Melissa im Spielhäuschen versteckt hat«, begann Kim schließlich. Sie verließ den Rosengarten und deutete auf das kleine Haus auf Stelzen, das zwischen den Apfelbäumen stand. »Von dort aus kann man den Garten im Blick behalten, ohne selbst gesehen zu werden.«
»Ist doch egal, wo Melissa rumgehockt hat.« Janette runzelte die Stirn. Dann sah sie auf die Uhr. »Ich muss wirklich gleich los.«
»Melissa hat gesehen, wie jemand aus dem Garten von Frau Weichert kam«, fuhr Kim fort, ohne sich von Janette unter Zeitdruck setzen zu lassen. »Sie war ziemlich mutig und beschloss, den Täter allein zu stellen.«
»Mit Raphaels Hilfe«, korrigierte Franzi.
»Ohne Raphaels Hilfe!«, sagte Kim mit Nachdruck. »Als Melissa sah, dass der Unbekannte über den Schuppen flüchten wollte, lief sie aus dem Kinderhaus, schnappte sich einen Apfel und warf ihn.«
»Könnte sein. Hart genug sind die unreifen Dinger ja«, dachte Franzi laut nach. »Aber ich glaube nicht, dass man auf die Distanz jemanden treffen kann.«
Kim blickte vom Apfelbaum zum Rosengarten. »So weit ist es nicht. Vielleicht ist Melissa noch ein Stück gelaufen und hat von der Hecke aus geworfen.«
»Das würde total zu ihr passen«, meinte Janette mit leicht spöttischem Unterton. »Sie hat ein paar Jahre lang Baseball

gespielt. Meine Schwester ist eine lausige Läuferin, aber im Werfen war sie immer spitze.«

»Das passt zu meinen Vermutungen«, sagte Kim. »Melissa warf den Apfel. Der traf sein Ziel. Vermutlich fügte der Apfel dem Porzellan-Dieb keinen großen Schaden zu, aber es reichte, um den Unbekannten aus dem Gleichgewicht zu bringen.«

»*Die* Unbekannte! Es ist doch eine Nachtschleicherin!«

»Wartet!«, gebot Kim. »Also: Der Unbekannte stürzte vom Schuppen und schlug dabei irgendwo mit dem Kopf auf – vielleicht auf das Kaminholz, einen Stein oder die Dachkante. Dann fiel er ins Gras.«

»Und Raphael?«, fragte Janette ungeduldig.

»Dazu komme ich jetzt«, erwiderte Kim. »Mutig, wie Melissa ist, ging sie ganz allein zu dem ohnmächtigen Menschen, der im Gras lag. Dabei machte sie eine überraschende Entdeckung.«

»Nun sag schon!«, forderte Franzi.

»Es war keine Nachtschleicherin. Und schon gar kein Unbekannter«, erklärte Kim, »sondern Raphael!«

»Was?«, riefen Franzi, Marie und Janette wie aus einem Munde.

»Das ist meine Theorie«, meinte Kim. »Erstens konnte er von dem Porzellan im Schuppen wissen, weil er mit Frau Weichert dort aufgeräumt hat. Zweitens würde das erklären, warum der Dieb nicht über die Weide oder den Vorgarten von Frau Weichert geflohen ist, sondern durch den Rosengarten. Er wollte zu seinem eigenen Haus. Und das liegt gleich hier nebenan.«

»Moment!« Marie war verwirrt. Sie versuchte, ihre Gedanken zu ordnen. Raphael war gar nicht das Opfer des Porzellan-Diebs, sondern selbst der Täter? Aber das, was Kim sagte, ergab durchaus Sinn. Und plötzlich erinnerte sie sich auch wieder an den Geruch von Schafsmist. Sie hatte ihn wahrgenommen, als sie für die Sanitäter geleuchtet hatte – direkt neben den Füßen von Raphael. »Klingt plausibel«, sagte Marie schließlich. »Aber es ist nur eine Theorie. Wir haben keine Beweise.«

»Dafür müssen wir uns nur Melissa vorknöpfen!«, sagte Janette. »Es kann ja wohl nicht angehen, dass sie Kriminelle schützt.«

»Sie ist in ihn verliebt«, wandte Marie ein. »Deshalb hat sie uns auch bei der Täterbeschreibung angelogen. Sie wollte nicht, dass wir ihn überführen. Sie hat aus einem männlichen Täter eine Frau gemacht und uns darin bestärkt, eine falsche Spur aufzunehmen.«

»Und die Beute hat sie auch für ihn versteckt«, ergänzte Kim. »Dabei hat sie nur die eine Scherbe übersehen, die nach seinem Absturz im Rosenbeet gelandet ist.«

»Die spinnt doch!« Janette strich sich gestresst die Haare zurück. »Meine Eltern werden richtig sauer sein, wenn sie das erfahren.«

Melissa starrte die Wand an. Nachdem Janette zum Tanztraining aufgebrochen war, hatten Marie, Kim und Franzi mit ihrer Schwester geredet, aber Melissa hielt an ihrer ursprünglichen Geschichte fest.

»Sei doch nicht so stur!«, brauste Franzi auf. »Es liegt doch auf der Hand, dass deine Zeugenaussage erfunden ist.«
»Ihr habt keine Beweise!« Melissa verschränkte die Arme.
»Du machst einen großen Fehler!«, sagte Marie sanft. »Du lügst für einen Jungen, der es nicht wert ist.«
Melissa starrte weiter auf die Wand, ohne zu reagieren. Es war ihr anzusehen, dass es in ihr arbeitete. Marie konnte das nur zu gut verstehen. Melissa war garantiert verunsichert. Sie wollte Raphael nicht verraten. Außerdem musste sie zugeben, dass sie nicht nur die drei !!! angelogen hatte, sondern auch die Polizei. Das war nicht einfach.
»Fragt euch doch lieber mal, was Janettes Motive sind«, knurrte Melissa, als die drei !!! keine Anstalten machten, zu gehen.
»Was hat Janette denn mit dem Fall zu tun?«, fragte Kim. Melissa drehte sich zu ihr um. Ihr Blick flackerte nervös, aber sie gab sich alle Mühe, ruhig zu klingen. »Janette wollte unbedingt, dass ihr den Fall übernehmt. Warum wohl?«
»Weil sie wissen wollte, wer durch euren Garten läuft?«, mutmaßte Franzi.
»Von wegen!«, gab Melissa zurück. »Sie wollte Marie beschäftigen. Damit Marie nicht auf die Idee kommt, ebenfalls Sommerkurse im Tanzstudio oder bei dieser Gesangs-Tante zu nehmen.«
»Was soll denn das bringen?«
»Sie will unbedingt die Hauptrolle in dem Musical-Projekt, das im Herbst anläuft«, erklärte Melissa. »Dafür trainiert sie

jede freie Sekunde. Aber sie hat trotzdem Angst, dass Marie ihr die Rolle vor der Nase wegschnappen könnte.«

»Das ist doch total verrückt!«, rief Marie. Doch gleichzeitig wusste sie, dass Melissa recht hatte. Janette wollte um jeden Preis bei diesem Musical im Rampenlicht stehen. Marie war dabei eine ernsthafte Konkurrenz.

»Okay, so absurd ist das gar nicht«, räumte Marie ein. »Aber das hat trotzdem nichts mit dem Fall an sich zu tun. Nur mit dem Auftrag. Willst du wirklich nicht mit uns reden?« Melissa schüttelte den Kopf. Ihre Wangen röteten sich. »Ich habe euch nicht angelogen.«

Kim stand auf und ging zur Tür. »Melde dich bei uns, wenn du doch aussagen willst.« Dann ging sie – gefolgt von Marie und Franzi – aus dem Zimmer.

»Und jetzt?«, fragte Franzi, als sie kurz darauf im Vorgarten standen.

»Wir reden noch einmal mit Frau Weichert«, meinte Kim. »Ich habe da eine Idee.«

Es war bereits nach fünf Uhr, als die drei !!! mit Frau Weichert in ihrem gemütlichen Wohnzimmer saßen. Sie hatten die alte Dame gerade in ihren Plan eingeweiht. Augustine Weichert wollte den Mädchen gern helfen. Sie war allerdings noch immer ganz aufgeregt von den Ereignissen des Tages.

»Meine Güte, dieser Herr Jung hat Augen gemacht, als ich ihm sagte, dass ich ihn nicht mehr als Makler haben möchte.« Frau Weichert stellte ihre Tasse Tee ab, da ihre Hand zu sehr zitterte. »Und dann diese Sache mit dem wertvollen Porzellan! Ich kann es immer noch nicht glauben!«

»Das ist wirklich ganz schön viel auf einmal«, fand Marie. »Toll, dass Sie uns trotzdem helfen.«

»Dem Dieb muss ja das Handwerk gelegt werden«, meinte Frau Weichert. Sie schob ihre Brille mit Schwung wieder hoch. »Aber ich verstehe noch nicht, weswegen ich dafür bei den Bergendahls anrufen muss.«

»Es gehört zu unserem Plan«, erklärte Kim ein weiteres Mal. »Wir wollen den Täter dazu bringen, heute Nacht wieder im Schafstall einzubrechen.«

»Und was haben Raphaels Eltern damit zu tun?«

Die drei !!! wollten Frau Weichert lieber noch nicht alles sagen. Zumindest nicht, wen sie in Verdacht hatten. Die alte Dame hatte für heute genug Überraschungen erlebt.

»Der Täter hat Kontakt zu Bergendahls«, erklärte Kim nur.

»Ich hoffe, ich werde das glaubwürdig rüberbringen können.«

Augustine Weichert griff nach ihrem Telefon. Es war noch eines dieser altmodischen Exemplare mit Wählscheibe. So eins, wie sie sonst nur noch in Museen oder auf Dachböden zu finden waren. Sie wählte die Nummer der Bergendahls. Als dort jemand abnahm, fragte sie gleich nach der Begrüßung, wie es Raphael ginge. »Er schläft also noch immer viel?«, sagte sie besorgt, nachdem sie eine Weile geschwiegen und zugehört hatte. »Der arme Junge!« Dann schwieg sie wieder. Die Mädchen tranken ihren Tee und warteten gespannt darauf, dass Frau Weichert ihren Text aufsagte. »Ja, das hoffe ich auch«, sagte sie schließlich. »Wären Sie so gut und richten Raphael etwas aus? Ich möchte unbedingt, dass er sich weiter ausruht. Er soll sich auf keinen Fall anstrengen. Daher habe ich heute einen Entrümpelungs-Service bestellt.« Ihre Stimme zitterte. Sie warf nervöse Blicke zu den drei !!!.

»Ja, die machen das morgen alles ... ganz schnell und nehmen den Krempel gleich mit ... zur Mülldeponie. Falls Raphael noch etwas von dem Werkzeug haben will, soll er mich bis morgen früh anrufen.«

Marie atmete erleichtert auf. Frau Weichert hatte es geschafft. Die alte Dame lehnte sich zurück. »Danke, Frau Bergendahl! Und gute Besserung für Raphael! Auf Wiederhören.« Sie legte auf.

»Großartig!«, lobte Kim. »Der Köder ist ausgeworfen.«

»Jetzt verziehen wir uns in Ihren Stall«, erklärte Franzi. »Es ist besser, wenn wir das jetzt gleich machen, bevor der Täter uns noch dabei sieht.«

»Bringt euch nur nicht in Gefahr!«, warnte Frau Weichert.

»Keine Sorge«, gab Kim zurück. »Wir sind ja zu dritt und der Dieb wird bestimmt nicht bewaffnet sein. Er ahnt ja nicht, dass ihm heute Nacht eine Falle gestellt wird.«

Auf der Lauer

Die Mädchen rollten ihre Schlafsäcke auf dem Heuboden des Stalls aus. Hier oben gab es ein Fenster, durch das man Frau Weicherts Garten sehen konnte. Wenn jemand von dort aus zum Stall ging, würden die drei !!! ihn genau im Blick haben. Die Mädchen hatten ihren Eltern gesagt, dass sie bei einer Freundin im Rosenweg übernachten würden. Dass diese »Freundin« bereits über 70 Jahre alt war, hatten sie wohlweislich verschwiegen. Das Heu duftete herrlich. Kim positionierte sich am Fenster und machte es sich dort gemütlich. Marie streckte sich auf ihrem Schlafsack aus und checkte ihr Handy. Violetta hatte ihr eine SMS geschrieben:

Was macht unser Rache-Projekt?

»Rache-Projekt?« Franzi hatte in einem unbeobachteten Moment über Maries Schulter hinweg auf das Display geschaut. Sie zog skeptisch eine Augenbraue hoch.
»Ich –«, setzte Marie an.

»Rache?«, fragte Kim ungläubig.
Marie seufzte. Es war wohl an der Zeit, offen mit ihren Freundinnen zu reden! »Es geht um Holger.«
»Aha«, machte Franzi. Sie sah Marie durchdringend an. Marie schaute betreten zu Boden. »Ich dachte, dass er zu mir zurückkommen würde. Aber anscheinend ist er echt verknallt in diese Selma. Er hat ihr sogar eine verliebte SMS geschickt. Mitten in der Nacht!«
»Wie hast du das denn herausgefunden?«, fragte Kim erstaunt.
»Er hat sie aus Versehen an mich geschickt.« Maries Augen brannten. Sie spürte, wie sich die Tränen sammelten.
Franzis strenge Miene wurde mit einem Mal weich. »Das ist bitter!«, sagte sie mitfühlend. »Sehr bitter.«
»Warum hast du uns das nicht erzählt?« Kim drehte sich zu ihrer Freundin um.
»Ich konnte nicht«, gab Marie zu. »Ich war einfach zu durcheinander. Stattdessen habe ich mit Violetta geredet – dem Kindermädchen von Finn. Aber sie ist total auf diesem Rache-Trip.« Plötzlich begannen die Worte nur so aus Marie herauszufließen. Sie erzählte alles, was sie in den letzten Tagen verschwiegen hatte.
»Männer sind wie Staubsaugerbeutel?«, gluckste Franzi, als Marie bei dem Part über die Ratgeber angekommen war.
»Ehrlich?« Aus dem Glucksen wurde ein Prusten, dann konnte sich Franzi nicht mehr halten. Sie lachte so heftig, dass ihr die Tränen kamen. Kim und Marie konnten nicht anders,

als einzustimmen. Und endlich flossen auch die Tränen bei Marie. Sie weinte vor Lachen und gleichzeitig auch, weil sie so traurig war. Von der Wut war plötzlich kaum mehr übrig als ein leichtes Grummeln im Bauch. Der Zorn war verraucht, während sie mit ihren Freundinnen gesprochen hatte.

»Ich glaube, Violetta hat jemanden gesucht, der ihre Rache-Gefühle in die Tat umsetzt«, meinte Kim eine halbe Stunde später. Die Mädchen hatten sich inzwischen wieder beruhigt und leise miteinander gesprochen. Jetzt saß Franzi am Fenster und blickte auf den Garten.

»Das kann sein«, stimmte ihr Marie zu. »Sie hat mir jedenfalls immer nur erzählt, wie gemein die Typen alle zu ihr waren.«

»Darum hat sie dich angestachelt«, überlegte Franzi. »Aber es ist gut, dass du dir keine fiesen Sachen überlegt hast. Selbst wenn Holger es verdient hätte.«

»Genau«, meinte Kim. »Rache ist unter deinem Niveau!«

»Das mag sein«, sagte Marie. »Aber ein Loslöse-Ritual, bei dem ich ihn in Liebe ziehen lasse, kommt für mich trotzdem echt nicht infrage.«

»Das musst du ja auch nicht machen«, räumte Kim ein.

»Triff dich mit Holger und mach reinen Tisch. Du solltest ihm sagen, dass du mit der Situation unglücklich bist.«

Franzi nickte schwungvoll. »Er kann dich nicht einfach auf der Warmhalteplatte abstellen und abchecken, was sonst noch so geht. Du bist doch kein Eintopf.«

Nun musste Marie schmunzeln. »Nein, aber er ist ein Staubsaugerbeutel!«

»Dann sag ihm das!« Franzi lachte.
Marie wurde wieder ernst. »Ich muss mich von ihm trennen. Liebe geht nur ganz oder gar nicht. Jedenfalls für mich.«
»Vielleicht findet ihr später mal doch wieder zusammen«, überlegte Kim. »Manchmal gibt es auch in der Liebe eine zweite oder sogar dritte Chance. Aber jetzt musst du das tun, was für dich richtig ist.«

Es war bereits nach Mitternacht, als Marie den Schatten entdeckte. Sie war vor einer halben Stunde zur Wache eingeteilt worden und saß am Fenster. Der Schatten bewegte sich zügig und zielsicher. Schon war die Gestalt über den Zaun auf die Weide geklettert. Marie rüttelte sacht an Franzis Ärmel. Dann tat sie das Gleiche bei Kim. »Aufwachen! Es geht los!«, flüsterte sie. Die beiden setzten sich keinen Moment zu früh auf. Schon wurde die Stalltür geöffnet. Leise Schritte erklangen. Jemand bahnte sich den Weg durch das Gerümpel.
Kim gab ihren Freundinnen ein Zeichen. Dann schlichen sie nacheinander zur Leiter. Im Schutz der Dunkelheit stiegen sie die Sprossen hinab in die Werkstatt. Nebenan rumpelte es. Schleifgeräusche ertönten. Nach einer gefühlten Ewigkeit trat jemand aus dem Raum heraus. Kim schaltete das Stalllicht ein. »Überraschung!«
Eine schwarz gekleidete Person mit heruntergezogener Skimütze schrie auf und machte einen Satz zurück.
»Erwischt, Herr Nachtschleicher!«, sagte Franzi. Sie war als Erste bei dem Dieb und riss ihm die Mütze vom Kopf. Tatsäch-

lich kam darunter das hübsche Gesicht von Raphael Bergendahl zum Vorschein. Ein paar verschwitzte Haare klebten an seiner Stirn. Neben dem Pflaster, das an seinen Unfall erinnerte.
»Was wollt ihr von mir?«, knurrte der Junge.
»Wir möchten das Geschirr zurück, das du mitgenommen hast«, erklärte Kim ruhig. »Wie du sicherlich weißt, gehört es Frau Weichert.«
»Was für ein Geschirr?« Raphael starrte die Mädchen böse an. Dabei krallten sich seine Finger fest um die Träger seines Trekking-Rucksacks. Marie lachte auf. Im Gegensatz zu ihr war Raphael ein ziemlich schlechter Schauspieler. Seine einzige Meisterleistung hatte bisher darin bestanden, sich über Tage glaubhaft schlafend zu stellen.
»Hör mal zu, Dornröschen! Oder besser Schneewittchen!« Marie trat einen Schritt auf den Jungen zu. »Du bist überführt. Wir wissen genau, was sich abgespielt hat.«
»Ach«, fauchte Raphael. »Hat Melissa also doch gepetzt? Dann kann ich euch sagen, dass sie an allem schuld ist. Sie hat mich dazu angestiftet, weil ...« Er schien hastig zu überlegen, was er sagen konnte. »... weil sie ... mich erpresst hat.«
»Erpresst?« Nun trat auch Kim einen Schritt näher. »Womit denn?«
»Mit ...« Raphael sah sich nervös um. »Mit den Hausaufgaben.«
»Du lügst!« Marie blickte ihm direkt in die Augen. »Du bist vielleicht ein gerissener Dieb, aber ein schlechter Lügner. Dafür braucht man nämlich Fantasie und schauspielerisches Talent.«

»Außerdem hat Melissa dich gar nicht verraten«, fügte Franzi hinzu. »Janette hat uns mit dem Fall beauftragt. Wir sind Detektivinnen.«
»Diese blöden Schwestern!« Raphael wurde rot im Gesicht. »Eine ist hässlich wie die Nacht, aber dafür treudoof, und die andere ist ein süßes Babe, aber fies wie eine Schlange.«
Franzi blitzte den Jungen an. »Werd nicht frech! Melissa ist total in Ordnung! Hässlich bist du! Und zwar vom Charakter her.«
»Ihr könnt mir nichts beweisen!« Unsanft schubste Raphael Marie beiseite. Sie stieß gegen die Werkbank. Ein dumpfer Schmerz fuhr durch ihren Arm. Aber sie rappelte sich schnell wieder auf. Franzi und Kim hatten bereits die Verfolgung aufgenommen.
»Vorsichtig!«, rief Marie hinterher. »Er hat den ganzen Rucksack voll mit Porzellan!«
Mit seiner schweren Last war Raphael bei Weitem nicht so wendig wie Franzi. Sie schnitt ihm den Weg ab. Raphael schlug einen Haken und wäre fast mit Kim zusammengestoßen. Da kam auch schon Marie auf ihn zu. Da er weder über die Weide laufen noch den Weg über den Garten von Frau Weichert einschlagen konnte, blieb ihm nur der Kampf mit den Mädchen oder die Flucht über das Grundstück der Rolands. Raphael wählte die Flucht. Er zog sich an dem Metallzaun hoch. Dann rief er: »Ihr habt keinen Beweis! Aussage gegen Aussage!«
Franzi war mit einem Satz am Zaun. Im selben Augenblick gingen die Flutlichtstrahler an. Dumpfes Gebell ertönte. Vermutlich drehte der Hund im Wintergarten gerade durch.

»Halt, Franzi!«, befahl Kim. »Wir brauchen dich nicht aufzunehmen. Es genügt vollkommen, wenn man Raphael sehen kann.«

»Stimmt.« Franzi lächelte grimmig. »Anscheinend hat unser Dieb vor lauter Stress den Kopf ausgeschaltet. Er ist jetzt mitsamt dem Rucksack auf Video zu sehen.«

»Das wird reichen, um ihn zu überführen.« Kim nickte. »Aus der Nummer redet er sich nicht wieder heraus. Abgesehen davon hatte er eben keine Handschuhe an. Er hat also Fingerabdrücke auf den Kisten und dem restlichen Porzellan hinterlassen.«

»Rufen wir gleich Kommissar Peters an?«, wollte Marie wissen.

»Aber klar!« Kim war sichtlich zufrieden. »Der Fall ist gelöst!«

Detektivtagebuch von Kim Jülich
Freitag, 18:02 Uhr

Heute haben wir mit Kommissar Peters gesprochen. Erst hat er uns natürlich mal wieder vorgehalten, wie gefährlich es ist, wenn drei Mädchen auf eigene Faust ermitteln, aber dann hat er uns gelobt. Die Kameras der Rolands haben tatsächlich aufgezeichnet, wie Raphael durch den Garten gerannt ist. Die Skimütze hatten wir ihm ja schon vom Kopf gerissen. Er hat sich zwar eine Hand vor das Gesicht gehalten, aber die Schneewittchen-Kamera hat ihn im Profil erwischt. Zum Glück hat Melissa von sich aus mit den Polizisten gesprochen und ihre Aussage korrigiert. Zusammen mit unserer Aussage ist der Fall nun klar: Raphael ist ein überführter Porzellan-Dieb. Das hat er jetzt auch endlich zugegeben. Tatsächlich hat er das Geschirr beim Aufräumen im Stall entdeckt. Seine Oma hat ein paar Stücke aus der Schwanenbach-Manufaktur. Er hat im Internet die Preise nachgeschlagen und dann beschlossen, die Teile zu verkaufen. Er wollte damit ein neues Surfbrett finanzieren. Da Frau Weichert immer um ihn herumgeräumt hat, beschloss er, die Stücke nachts zu holen. Außerdem gefiel ihm der Nervenkitzel. Da hat er nur leider die Rechnung ohne Melissa gemacht. Und vor allem ohne die drei !!!.

Frau Weichert hat die Information über Raphael erstaunlich gut verkraftet. Sie ist froh, dass der Dieb gefasst ist. Außerdem hat sie endlich jemanden gefunden, der in das Haus ziehen will – ganz ohne Makler! Die Tochter von Rolands will es kaufen. Sie hat drei Kinder und einen Hund. Die letzten Jahre hat sie in Frankfurt gelebt, aber jetzt will sie wieder in ihre alte Heimat ziehen. Die Weide hat sie schon als Kind gemocht.

Morgen sind wir wieder am Rosenweg. Dann aber nicht als Detektivinnen. Marie hat ihren großen Auftritt als Fotomodell. Ich bin gespannt, wie sie mit Janette umgeht. Immerhin hat die uns nur engagiert, um Marie auf Trab zu halten.

Geheimes Tagebuch von Kim Jülich
Freitag, 18:09 Uhr

Das ist mein geheimes Tagebuch. Ihr dürft es nicht lesen. Aber keine Sorge: Ich räche mich schon nicht. Das ist näm lich unter meinem Niveau! Es reicht ja, wenn ihr niveaulos seid und die Nase in fremde Tagebücher steckt!

Yes!!!! Frau Fries berichtet in ihrem Blog über Papas Kuckucksuhren! Ich habe sie einfach angequatscht. Sie war richtig begeistert. Jetzt schwebt ihr sogar eine Edition mit Rosenaufdruck vor. Cuckoos & Roses. War ja klar! Papa will darüber nachdenken. Aber er findet es klasse, dass ich mich um seine Werbung kümmere. Und da läuft gerade einiges! Heute trage ich zum Beispiel ein richtig geniales T-Shirt! »Kuckuck –

da bin ich!« Mit einem total süßen Vögelchen, das aus einem Haus flitzt. Tessa hat es designt. Maries Stiefmutter stellt doch so coole Shirts her. Aus nachhaltigen Produkten. Ökologisch einwandfrei und noch dazu richtig schick! Die Kuckuck-Kooperation mit meinem Vater wird bestimmt der Renner. Ein witziges Crossover! Wir dürfen die Motive für Flyer verwenden und verweisen dafür auf das Modelabel von Tessa. Das Beste ist: Pro verkauftem Shirt gehen 50 Cent an den Vogelschutzbund. Mein Vater überlegt, bei dieser Aktion ebenfalls mitzumachen. Mal sehen, was daraus wird. Marie will übrigens mit Holger telefonieren und ihn um ein Treffen bitten. Das finde ich stark! Sie trägt jetzt auch endlich wieder andere Farben als Schwarz und Rot. Wir haben ihr angeboten, gemeinsam mit ihr das Album für Natascha zu machen. Dann muss sie nicht allein vor dem Computer sitzen und sich durch die ganzen Fotos klicken. Ich glaube, dass es ein tolles Abschiedsgeschenk wird!
Bei uns war heute alles wie immer. Mama hat einen neuen Smoothie ausprobiert und die Jungs haben mit Pablo einen Trick eingeübt. In meinem Horoskop stand etwas von einem tollen Sommerflirt. Es hat sich aber keiner ergeben. Da sieht man mal wieder, dass Horoskope eigentlich nichts taugen. Aber vielleicht ist es auch besser so. Ich bin im Augenblick auch ohne Flirt ganz glücklich. Vielleicht schreibe ich zur Abwechslung mal keinen Kurzkrimi, sondern eine schöne Sommergeschichte. Mir ist so danach.

Sommerlicht

Marie hatte lange für ihr Styling gebraucht. Zwar würde für das Fotoshooting eine Maskenbildnerin kommen, aber ihr war heute einfach nach einer Extraportion Glamour. Dafür schlüpfte sie auch in ihre ganz hohen Schuhe. Marie war erleichtert. Sie hatte endlich mit Holger telefoniert. Das war weit weniger schlimm gewesen als befürchtet. Holger war bereit, sich in Ruhe mit ihr zu treffen. Morgen wollten sie zusammen in die *Chocolaterie* gehen. Es war aber jetzt schon klar, dass Marie einen Schlussstrich ziehen würde. Vielleicht konnten sie Freunde bleiben. Das würde sich zeigen. Aber es lag an Marie, das zu entscheiden, nicht an Holger. Obwohl das Treffen erst morgen stattfinden sollte, war Marie bereits ein großer Stein vom Herzen gefallen. Oder besser, ein großer Eisklumpen. Jetzt würde sie auch endlich in der Lage sein, das Fotobuch für Natascha zu machen. Besonders, wenn ihr Kim und Franzi dabei halfen. Mit ihren Freundinnen an der Seite würde sie es schon schaffen, die Bilder zu sichten. Da war Marie zuversichtlich.

So leichtfüßig, wie es mit Zehn-Zentimeter-Absätzen eben ging, stöckelte Marie die Treppe hinunter.

»Schick!« Violetta pfiff durch die Zähne. Sie hatte sich wohl oder übel damit abgefunden, dass Marie keinen Rache-Plan wollte. Ein längeres Gespräch ergab sich allerdings nicht mehr. Finn und Trine, die Fernbediene-Biene, hielten Violetta voll in Beschlag. Trine grölte wieder das Lied von Dornröschen. »Dornröschen nimm dich ja in Acht …«

Ganz richtig, dachte Marie zufrieden. Das vermeintliche Dornröschen vom Rosenweg hatten sie gestellt!

»Marie?« Herr Grevenbroich winkte seine Tochter heran. »Was sagst du zu dem hier?«

Tessa drehte ihren Laptop so, dass Marie den Bildschirm sehen konnte. Die Seite der Au-pair-Agentur war aufgerufen – genauer gesagt, das Profil eines jungen Mannes. »Sami Voutilainen«, stand über einem kleinen Text, einem Lebenslauf und einem Foto. Marie trat näher heran. Sami sah sympathisch aus. Frech, aber sympathisch. Der konnte ihr vom Typ her durchaus gefallen! Es würde dauern, bis sich Holger aus ihren Gedanken und ihrem Herzen geschlichen hatte. Aber vielleicht half ja ein Flirt mit einem süßen Finnen. Der Text klang ebenfalls klasse.

»Der ist echt super!«, fand Marie schließlich.

»Das finden wir auch!« Tessa strahlte.

»Dann hoffen wir mal, dass Sami Vouta…«, Herr Grevenbroich stockte, blickte erneut auf den Bildschirm, »Voutilainen auch gern zu uns kommen möchte. Und ich hoffe, dass ich bis dahin seinen Namen aussprechen kann!«

Marie lachte. Dann steckte sie ihr Smartphone in die Handtasche. »Ich muss jetzt los. Fotoshooting!«
»Viel Spaß, mein Schatz!« Herr Grevenbroich warf seiner Tochter eine Kusshand zu. Er zwinkerte. »Sei ein Star!«
»Aber klar!« Marie zwinkerte zurück.

»Kuckuck – da bin ich!«, las Franzi den Aufdruck auf Kims Shirt. »Das ist süß! Ich will auch so eins!« Sie saß neben ihrem Freund Blake im Rosengarten. Jetzt, wo der Fall abgeschlossen war, hatte sie ihn unbedingt mitbringen wollen. Es war nur allzu klar, dass Franzi am liebsten jede freie Sekunde mit ihm verbringen wollte. Frau Fries hatte nichts dagegen gehabt. Kim und Franzi hatten beim Aufbau für das Fotoshooting eifrig geholfen und auch Blake hatte sich nützlich gemacht. Obwohl er im Rollstuhl saß, war er geschickter und sportlicher als manche Menschen, die ihre Beine noch benutzen konnten. Kim betrachtete zufrieden ihr Werk. Sie hatte eben gerade die letzten Lampions mit Rosenaufdruck in die Bäume gehängt. Janette hingegen hielt sich beim Aufbau zurück. Eine Bekannte von Frau Fries stylte sie und Marie an einem extra dafür aufgebauten Tisch. Marie bekam gerade Lockenwickler in die Haare. »Freust du dich auf das Musical?«, fragte Marie beiläufig.
Janette puderte ihr Gesicht mit einem zarten Glitzerstaub. »Na klar!«
»Du trainierst ganz schön hart, nicht wahr?«
»Schon«, gab Janette zu. Sie blickte Marie dabei nicht an.

»Na, dann viel Glück beim Casting!« Marie lehnte sich zurück. »Ich bin übrigens nicht dabei.«

»Was?« Janette setzte sich stocksteif auf.

»Ich bin nicht dabei«, wiederholte Marie. »Meine Theater-AG plant zur gleichen Zeit auch ein Stück. Da will ich auf jeden Fall mitmachen.«

»Aber …«, stammelte Janette.

»Aber jetzt hast du uns vollkommen umsonst engagiert?« Marie lachte glockenhell auf. »Zu schade, nicht wahr? Aber gut für Frau Weichert!«

Janette sah aus wie ein begossener Pudel.

Als die Mädchen eine halbe Stunde später vor der Kamera standen, leuchtete eine warme Abendsonne vom Himmel. Sie tauchte die Rosenbüsche in ein goldenes Licht. Endlich war der Sommer zurückgekehrt. Die Luft war warm und vom schweren Duft der Blumen erfüllt. Marie spürte das weiche Gras unter ihren nackten Füßen. Sie trug ein romantisches weißes Kleid. Fast wie eine Fee. Frau Fries war begeistert. Sie ließ Kim Seifenblasen auf die Models pusten. Dann fotografierte sie Marie mit einem Stück Rosentorte auf einem antiken Sonnenstuhl, während Janette im Blütenregen Tanzschritte machte. Dazu kamen Fotos von den Mädchen im Kirschbaum und neben den Rosenbeeten. Es wurde ein weichgezeichnetes Sommermärchen: bunt, kitschig und voller Rosen. Etwas zu viel von allem, aber vermutlich doch gelungen. Frau Fries war sich sicher, dass es eine grandiose Fotostrecke werden würde. Das glaubten auch die Nachbarn, die als neugierige Zuschauer dabei waren. Herr Fuchshuber stand mit seinen drei Schmetterlingshündchen am Zaun und versuchte, etwas von den Aufnahmen mitzubekommen. Dabei unterhielt er sich mit den Nachbarn von gegenüber und tauschte die Neuigkeiten rund um den Porzellan-Diebstahl aus. Es war gut, dass Bergendahls nicht da waren. Die Wahrheit über den Unfall ihres Sohnes hatte Raphaels Eltern sehr zugesetzt. Wenn man Fußhupen-Kurt glauben durfte, machten sie gerade einen Spontanurlaub an der Nordsee. Um sich von dem Schock zu erholen. Frau Weichert unterhielt sich an der Grundstücksgrenze mit Frau Roland, die ganz aus dem Häuschen war. Während einer kleinen Fotopause schnappte Marie Gesprächsfetzen auf.

»Mucki ist total durchgedreht vor Glück!«, schwärmte Frau Roland. »Endlich kann sie wieder hierherziehen! Ihr Mann wollte ja erst ein Haus im Neubaugebiet, aber man weiß ja, wie das ist. Beim Bauen hat man nur Ärger. Und dann diese kleinen Grundstücke. Die Kinder brauchen doch einen richtigen Garten!« »Das ist großartig –« fing Frau Weichert an. Frau Roland ließ ihre Nachbarin jedoch gar nicht zu Wort kommen. »Also ich hab gleich gesagt: ›Mucki, du musst etwas für die Sicherheit tun!‹ Das ist ja heutzutage einfach sehr wichtig! Kameras, Strahler und vielleicht noch einen etwas besser ausgebildeten Hund. Der Walzi ist viel zu gutmütig.« Marie hörte nicht weiter hin. Es war gut zu wissen, dass Frau Weichert ihr Haus an eine reale Familie verkaufen konnte und den Blick auf ihre Weide behalten würde – wenn auch von der entgegengesetzten Seite. Das war alles, was zählte. Als die Aufnahmen alle im Kasten waren, war die Sonne bereits im Westen hinter dem Rosenweg untergegangen. Die Lampions in den Bäumen leuchteten und Frau Fries stellte Teelichter mit Rosenmotiven auf. Marie zog sich wärmere Sachen an. Dann setzte sie sich zu Melissa, Franzi, Kim und Blake an den Gartentisch. Die Torte war inzwischen zum Verzehr freigegeben. Frau Winkler hatte sich selbst übertroffen. Es war ein Blumentraum in Rosé, Lindgrün und Gelb. Rosenblüten und Blättchen aus Marzipan schmückten die sahnige Pistaziencreme. Die luftigen Biskuitböden zwischen der Sahne waren mit Rosenwasser getränkt. Kim schwelgte bereits. Genüsslich löffelte sie die schaumige Creme in ihren Mund. Auch Melissa machte ein fröhliches Gesicht.

Aber man merkte, dass sie noch angespannt war. Sie hatte ein paar anstrengende Tage hinter sich. Von Raphael wollte sie definitiv nichts mehr wissen. In diesem Fall war die Liebe in einer einzigen Nacht abgekühlt. Melissa konnte es dem Nachbarsjungen nicht verzeihen, dass er sie fälschlich beschuldigt hatte. So kann es auch gehen, dachte Marie. Die Liebe war schon ein merkwürdiges Gefühl. Mal zart, mal stark, mal ewig und mal nur von kurzer Dauer. Und man wusste nie, wann sie sich wieder ins Herz schleichen würde. Sie warf einen Blick auf Franzi und Blake. Er strich beim Reden ganz sanft über Franzis Hand. Franzi lächelte dabei. Ein ganz klarer Fall von Wolke sieben. Marie lächelte auch. Sie würde das wieder erleben!

»Alles klar?«, fragte Kim.

»Ja«, sagte Marie. »Jetzt geht es mir wirklich gut!«

Kari Erlhoff arbeitet schon seit über zehn Jahren als Autorin für Kinder- und Jugendbücher. Sie lebt in einem Dorf in Schleswig-Holstein und hat einen großen Garten mit Obstbäumen und Gestrüpp. In den letzten Jahren ist es ihr gelungen, aus Hagebutten wilde Rosen und Heckenrosen zu ziehen. Die Rosen sind vielleicht verzaubert. Jedenfalls wachsen sie unnatürlich schnell.

Leseprobe

Maja von Vogel:
Geheimnis im Spukhotel

Eine Stunde später lag Kim im Bett und rekelte sich wohlig unter der Daunendecke. Das weiße Bettzeug war zwar schon etwas verschlissen, duftete aber frisch nach Waschmittel. Aus dem Badezimmer war leises Plätschern zu hören. Marie lag in der Wanne und gönnte sich ein ausgiebiges Bad. Kim griff nach dem kleinen Schokoladen-Täfelchen, das als süßer Willkommensgruß auf ihrem Kopfkissen gelegen hatte, wickelte es aus und steckte es sich in den Mund. Vollmilch mit Nussstückchen – lecker!

Draußen regnete es schon wieder. Die Tropfen prasselten gegen die Fensterscheibe und ein kräftiger Wind wehte um das Hotel. Kim gähnte. Der Tag war anstrengend gewesen.

»Eigentlich wären wir jetzt schon am Titisee«, sagte sie zu Franzi, die im Schneidersitz auf dem Bett gegenüber saß.

»Hm.« Franzi hatte geduscht und trug einen weißen Hotel-Bademantel über ihrem Nachthemd. Sie tippte auf ihrem Handy herum. »Verdammt!«

»Was ist denn?«

»Kein Empfang! Dabei wollte ich Blake gerade eine Nachricht schicken.« Frustriert warf Franzi das Handy auf ihr Kopfkissen.

»Probier es doch morgen im Frühstücksraum.« Kim griff nach ihrem Krimi und freute sich darauf, vor dem Einschlafen noch ein Stündchen zu lesen.

Da ertönte ein spitzer Schrei aus dem Badezimmer, gefolgt von heftigem Geplätscher. Kim fuhr hoch. Sie wechselte einen alarmierten Blick mit Franzi, dann sprangen beide gleichzeitig auf und stürmten ins Bad.

»Marie!«, rief Franzi. »Was ist los?«

Marie stand in ein Handtuch geschlungen neben der Wanne. Aus ihren Haaren tropfte das Wasser und um ihre Füße hatte sich eine kleine Pfütze gebildet. Sie war so weiß wie Franzis Bademantel. »D…d…da war jemand!«, stammelte sie.

»Wo?« Kim sah sich im Bad um. »Hier?«

Marie schluckte. »Als ich gerade in der Wanne lag, hat mich jemand angefasst.« Ihre Stimme zitterte leicht. »War das eine von euch?«

Kim schüttelte den Kopf. »Wir waren beide drüben.«

»Wirklich?«, fragte Marie misstrauisch. »Falls das ein Scherz sein soll, finde ich ihn nicht besonders witzig.«

»Kim hat im Bett gelegen und ich hab versucht, Blake eine Nachricht zu schreiben«, sagte Franzi. »Wir haben uns nicht ins Bad geschlichen, ehrlich.«

»Was ist denn genau passiert?«, fragte Kim.

Marie atmete tief ein und wieder aus. »Ich lag ganz entspannt in der Wanne und hab vor mich hin gedöst. Plötzlich war da so ein eisiger Lufthauch und dann hab ich eine Hand auf meiner Schulter gespürt.«

»Bist du sicher?« Franzi runzelte die Stirn.
Marie nickte. »Hundertprozentig! Die Hand hat mich zwar nur ganz kurz berührt, aber das war garantiert keine Einbildung.«
»Und dann?«
»Dann hab ich geschrien und bin aus der Wanne gesprungen.«
»Außer dir war niemand im Bad«, sagte Franzi energisch. »Du warst allein. Also kann dich auch niemand angefasst haben.«
»Doch«, erwiderte Marie tonlos. »Ein Geist.«
Franzi lachte. »Das ist jetzt nicht dein Ernst, oder?«
»Also ... ich hatte vorhin auch ein seltsames Erlebnis«, gestand Kim zögernd. »Genauer gesagt zwei.«
»Wie bitte?« Franzi zog überrascht die Augenbrauen hoch.
Kim erzählte stockend von dem Schatten, den sie bei ihrer Ankunft auf dem Balkon gesehen hatte. Und von dem kalten Lufthauch während des Stromausfalls.
»Ich sag's ja!« Maries Gesicht bekam wieder etwas Farbe. »Hier spukt's.«
Franzi schnaubte verächtlich. »Dreht ihr jetzt beide durch?« Sie sah Kim kopfschüttelnd an. »Seit wann glaubst du denn an Geister?«
Kim wurde rot. »Das tue ich doch gar nicht! Aber ... das war wirklich seltsam.«
Eigentlich hatte Kim mit Gespenstern und anderen Spukgestalten nichts am Hut. Ganz im Gegensatz zu Marie, die sich

sehr für übersinnliche Phänomene interessierte. Sie legte gerne Tarotkarten, machte Gläserrücken und probierte manchmal seltsame Orakel aus, die die Zukunft vorhersagen sollten.
»In diesem alten Kasten zieht es wie Hechtsuppe«, stellte Franzi fest. »Darum habt ihr einen kalten Lufthauch gespürt. Und die Berührung hast du dir bestimmt nur eingebildet, Marie.«
»Hab ich nicht«, widersprach Marie.
»Deine Fantasie hat dir einen Streich gespielt«, versicherte Franzi. »Kein Wunder, dieses Hotel könnte glatt die Kulisse für einen Gruselfilm sein. Und dann noch dieses Unwetter draußen …« Sie lauschte auf den Sturm, der immer heftiger um das Haus tobte. »Glaubt mir, morgen bei Tageslicht lachen wir darüber.«
»Vielleicht hast du recht«, sagte Kim halbherzig. Ihr Kopf wollte Franzi zustimmen, aber ihr Bauch sagte etwas anderes. Hier stimmte etwas nicht. Kim versuchte, das mulmige Gefühl abzuschütteln. »Am besten, wir gehen früh schlafen.«
Damit waren alle einverstanden.
Eine halbe Stunde später lagen die Detektivinnen in ihren Betten. Kim klappte den Krimi zu, in dem sie noch ein paar Seiten gelesen hatte, während Marie sich im Badezimmer die Haare föhnte. Aber sie hatte sich nicht richtig konzentrieren können und war mit ihren Gedanken immer wieder abgeschweift. War der eisige Lufthauch wirklich nur Einbildung gewesen? Genau wie der Schatten auf dem Balkon und die Berührung, die Marie im Bad gespürt hatte?

Franzi knipste das Licht aus. »Gute Nacht.«
»Gute Nacht«, sagte Kim.
Auf dem Flur waren trappelnde Schritte und Kinderstimmen zu hören. Dann schlug eine Tür und es war wieder ruhig.
»Jetzt gehen wir schon früher ins Bett als die kleinen Kinder«, murmelte Marie schläfrig.
Franzi kicherte leise.
Bettzeug raschelte, bevor sich nächtliche Stille über das Zimmer senkte. Nur das Geräusch des Windes, der an den Fensterläden zerrte, war zu hören. Es begleitete Kim in ihre Träume.

Die drei !!!

Kim, Franzi und Marie auf großer Reise

ISBN 978-3-440-16531-7

ISBN 978-3-440-16530-0

Jeder Band mit
ca. 160 Seiten,
je ca. €/D 10,–

ISBN 978-3-440-16529-4

ISBN 978-3-440-16532-4

Komm mit und entdecke die coolsten Metropolen Europas: London, Paris, Berlin und Barcelona warten auf dich! Kim, Franzi und Marie erleben dort spannende Fälle und geben dir außerdem Sightseeing-Tipps.
Mit witzigen Fun-Facts, einem Stadtplan und Sprachführer!

diedreiausrufezeichen.de

Die drei !!!

Clevere Girls knacken jeden Fall!

- [ ] Die Handy-Falle
- [ ] Betrug beim Casting
- [ ] Gefährlicher Chat
- [ ] Gefahr im Fitness-Studio[e]
- [ ] Tatort Paris[e]
- [ ] Skandal auf Sendung[e]
- [ ] Vorsicht Strandhaie![e]
- [ ] Skaterfieber[e]
- [ ] Im Bann des Tarots[e]
- [ ] Tanz der Hexen[e]
- [ ] Kuss-Alarm[e]
- [ ] Popstar in Not[e]
- [ ] Gefahr im Reitstall
- [ ] Spuk am See[e]
- [ ] Duell der Topmodels[e]
- [ ] Total verknallt![e]
- [ ] Gefährliche Fracht[e]
- [ ] VIP-Alarm[e]
- [ ] Teuflisches Handy
- [ ] Beutejagd am Geistersee[e]
- [ ] Skandal auf der Rennbahn[e]
- [ ] Jagd im Untergrund[e]
- [ ] Undercover im Netz[e]
- [ ] Fußballstar in Gefahr[e]
- [ ] Herzklopfen![e]
- [ ] Tatort Filmset[e]
- [ ] Vampire in der Nacht[e]
- [ ] Achtung, Promihochzeit![e]
- [ ] Panik im Freizeitpark[e]
- [ ] Falsches Spiel im Internat[e]
- [ ] Betrug in den Charts[e]
- [ ] Party des Grauens[e]
- [ ] Küsse im Schnee[e]
- [ ] Brandgefährlich![e]
- [ ] Diebe in der Lagune[e]
- [ ] SOS per GPS[e]
- [ ] Mission Pferdeshow[e]
- [ ] Stylist in Gefahr
- [ ] Verliebte Weihnachten
- [ ] Achtung, Spionage![e]
- [ ] Im Bann des Flamenco
- [ ] Geheimnis der alten Villa
- [ ] Nixensommer
- [ ] Skandal im Café Lomo!
- [ ] Tatort Geisterhaus
- [ ] Filmstar in Gefahr
- [ ] Unter Verdacht
- [ ] Die Maske der Königin
- [ ] Skandal auf dem Laufsteg
- [ ] Freundinnen in Gefahr
- [ ] Krimi-Dinner
- [ ] Das rote Phantom
- [ ] Hochzeitsfieber!
- [ ] Klappe und Action!
- [ ] Wildpferd in Gefahr
- [ ] Geheimnis im Düstermoor
- [ ] Tatort Kreuzfahrt
- [ ] Gorilla in Not
- [ ] Das geheime Parfüm
- [ ] Liebes-Chaos!
- [x] Der Fall Dornröschen
- [ ] Spuk am Himmel
- [ ] Flammen in der Nacht
- [ ] Der Graffiti-Code
- [ ] Heuler in Not
- [ ] Tanz der Herzen
- [ ] Tatort Geisterbahn
- [ ] Gefahr im Netz
- [ ] Nacht der Wölfe
- [ ] Gefährliches Spiel
- [ ] Gefahr in den Ruinen
- [ ] Kuss der Meerjungfrau
- [ ] Legende der Einhörner
- [ ] Rätsel der Vergangenheit
- [ ] Tatort Hollywood
- [ ] #Falscher Ruhm
- [ ] Achtung, Gaunerzeichen!
- [ ] Das Bienengeheimnis
- [ ] Vier Pfoten in Gefahr
- [ ] Ein echt schöner Fall
- [x] Geheimnis im Spukhotel
- [ ] Das Konfetti-Komplott
- [ ] Voller Einsatz für die Erde
- [ ] Luftballon-Küsse

Alle Bücher auch als E-Book erhältlich

[e] nur als E-Book erhältlich

diedreiausrufezeichen.de